Renier-Fréduman Mundil

Uhlenspiegel bei den Schildbürgern

Uhle 1 (Band 1)

AF210130

Renier-Fréduman Mundil

Uhlenspiegel bei den Schildbürgern

Uhle 1

Impressum
Bibliografische Information der Deutschen Nationalbibliothek:
Die Deutsche Nationalbibliothek verzeichnet diese
Publikation in der Deutschen Nationalbibliografie;
detaillierte bibliografische Daten sind im Internet über
http://dnb.dnb.de abrufbar.

© 2024 Renier-Fréduman Mundil
            Viola Hartmann
Covergestaltung Dan Winkler

Verlag: BoD · Books on Demand GmbH, In de Tarpen 42,
22848 Norderstedt, bod@bod.de
Druck: Libri Plureos GmbH, Friedensallee 273,
22763 Hamburg

ISBN: 978-3-7693-2144-9

For
Cameron
Our sporty and mathematical
Idea champion

Einleitung
Über Sinn und Unsinn oder unter dem Sinn der Sinnlosigkeit oder über den Sinn vom Unsinn.

Eine Narrheit ist nicht gut, zwei Narrheiten nicht zwangsläufig besser, es sei denn, sie versuchen, sich gegenseitig negativ zu über-(trump)fen bzw. anders zu Papier gebracht, sie versuchen, einander zu kompensieren, gewissermaßen ein kopfstehendes Komplettkompensationsgeschäft dergestalt, dass beide dekompensieren in dem Sinne, nicht noch arger zu werden, sondern einträchtig gemeinsam zu verschwinden.

Ob das Sinn ergibt, sei dahingestellt. Aber das mit dem Sinn ist so eine Sache. Selbst im Unsinn steckt zumindest (sprachlich) ein Sinn, gewissermaßen der Sinn, keinen Sinn zu ergeben, eben kein UndSinn, sondern ein Unsinn.

Weshalb die Sprache nie das Wort Undsinn erfunden hat? Kaum zu erklären! Denn gemeiner, Pardon, kaum allgemeiner Weise stecken in einer Sache manchmal zwei Sinne. Wir sind schon zufrieden, in einer Sache einen Sinn zu finden, höchstens unter Benutzung aller Sinne kann es möglich sein, einer Sache mehrere Sinne zu entlocken, den ertasteten Spürsinn, den zu vernehmenden Hörsinn, einen nicht zu fassenden Gefühlssinn usw.

Doch all dies erscheint sinnlos (oder sinnLos, vielleicht Sinn(los)).

SinnLos, der Sinn ist vielleicht ein Los, manchmal in einer Sache zu finden, oft nicht, eben wie bei einem Los.

Sinn-los. Das ergibt schon mehr Sinn. Jemand hat den Sinn einer Sache los gemacht, wie man ein vertäutes Boot losmacht, und beides, Sinn und Boot, sind bald danach verschwunden. Ein bootfahrender Sinn, falls dies einen Sinn ergibt. Zwar noch vorhanden aber weg, eben nicht mehr da, Pardon nicht mehr hier aber (irgendwo) doch da.

Wenn also etwas Sinn los, Pardon, sinnlos, also ohne Sinn ist, wie kann es einen doppelten Sinn ergeben? Ein Nichts kann schwerlich verdoppelt werden, etwas, das sinnlos ist, vermag schwerlich doppelt sinnlos, sinnloser, zu sein. Sinn-loser kann doch nur bedeuten, der Sinn ist nicht mehr so fest, wird bald verschwunden, ganz los sein und Eile ist geboten, ihn zu er(be)greifen, bevor er noch loser, ganz los, also ganz weg ist.

Sinnlos, also etwas ohne Sinn und im doppelten Sinn (Pardon im doppelten Sinne wegen der Mehrzahl). Ergibt das (zumindest einen(1)) Sinn? Aus nichts eins zu machen, wäre ein Zauberkunststück, aus einem doppelten Sinn eins zu machen ein unschätzbarer Verlust.

Ein VerlustSinn, Pardon, Verlustsinn.

Diese Abschweifung war wenig sinnvoll, vielleicht sogar Sinn leer.

Sinnlos, doppelter Sinn? Das ergibt überhaupt keinen Sinn. Warum sollte man sich sinnvollerweise etwas zweimal angucken, was gar nicht vorhanden ist.

Ein leerer Teller wird auch nicht davon voller, gucken wir ihn uns zweimal an. Und es ist absolut sinnlos bzw. sinnwidrig oder gar unsinnig, etwas, was nicht vorhanden ist, zweimal zu betrachten. Irgendwann werden wir (bzw. unsere Sinne) denken, einer Sinntäuschung zu unterliegen, wir (über den manchmal sinnlosen Weg der Sinne) haben uns gewissermaßen selbst hereingelegt.

Sinngemäß steckt übertragener Weise etwas von diesen Gedanken in den folgenden Geschichten. Zwei Hauptprotagonisten – der Einzelkämpfer Uhlenspiegel, aber mit der Armee seiner schalkhaften Gedanken – trifft auf die Armeen der zahlreichen Schildbürger (eher weniger oder sagen wir neutraler, eher waffenmäßig mit anderen Gedanken bewaffnet). (*PS.1).

Ist eine solche Begegnung sinnvoll? Ist sie vielleicht sinnlos?

Oder ergibt es vielleicht zumindest einen doppelten Sinn, einen Undsinn, wenn nicht gar Mehrfachsinn?

Das alles bleibt offen, wie auch wir mit offenem Sinn durchs Leben gehen sollten, um zu erkennen, was einen Sinn ergibt oder gar auf abenteuerliche Weise einen versteckten Sinn zu entdecken - herauszufinden, wo ein (der) Sinn steckt oder ob er schlichtweg fehlt, quasi ein Nichtsinn und in diesem Sinne als Nichtsinn noch weniger als ein Unsinn, der ja irgendwo existiert, sonst wäre es kein Unsinn.

Zusammenfassend oder sinngemäß:

Jeder muss selbst herausfinden, ob es Sinn macht oder einen Sinn ergibt, diese Geschichten zu lesen bzw. einen Uhlenspiegel mit einem Dorf Schildbürger zusammenzubringen. Das würde dann wiederum einen Sinn ergeben, also einen Sinn machen. Auf diese Weise würde jeder Leser einen Sinn in diese Geschichten hineinmachen

(Pardon, hineininterpretieren), wo bisher kein Sinn war und es hätte für alle doch Sinn gemacht, diese Geschichten zu schreiben, zu schreiben bzw. zu lesen.

Da sollen Sie jedoch unbelastet (also schon belastet mit Sinn aber ausgestattet mit unbelastetem Sinn) an Sinn und Unsinn dieser Geschichten herangehen.

In diesem Sinne: Viele Sinnvergnügen.

PS.0. Zwischen die Geschichten haben sich kurze Aphorismen gemogelt, besser gesagt, Rede-wendungen oder zumindest ein Teil davon und was wohl Uhlenspiegel oder die Schildabürger dazu gesagt hätten.

*PS.1: Aktuelle Anmerkung
Erklärt sich dadurch vielleicht das sich heute wieder abzeichnende Phänomen der Diktaturen. Ein Einzelner (aber mit fast absolut unverrückbarem Sinn) steht einer gewaltigen, in ihren Sinnen eher abgestumpften Masse gegenüber. Eine Konstellation, die nicht nur keinen Sinn, sondern einen unglaublich gefährlichen Sinn ergibt (Pardon, beinhaltet). Mehr als Blödsinn,

viel mehr, der stärkste Schwachsinn, den es je geben kann.

PS.2   Leseempfehlung

Es macht vielleicht Sinn, nur eine Geschichte im Monat zu lesen bzw. es macht vielleicht keinen Sinn, mehr als eine Geschichte im Monat zu lesen. Deshalb enthält dieses Buch zwölf Geschichten. Wem der Sinn danach steht, kann selbstverständlich auch mehr, im Höchstfall alle zwölf Geschichten an einem Tag anstatt nur eine Geschichte im Monat lesen.

Sie werden endlich zu den Geschichten wollen. Bitte schön! Viel Vergnügen! Deshalb wird das Folgende als Ausleitung bzw. Nachleitung oder Nachsinn (nicht mit dem Nachsinnen zu verwechseln), je nachdem, wie Sie es bezeichnen wollen, an das Ende des Buches gestellt.

1

Vorausschauende Buße

*E*s begab sich, dass Uhlenspiegel an einem Sonntag mit sich und der Welt nichts anzufangen wusste und kurzerhand beschloss, an diesem Tag das Gleiche zu tun, was die wenigsten an einem solchen Tag machten. Er dachte nämlich dabei seinesgleichen zu treffen, wo es wenige gab, dort mussten diese wenigen irgendwo ihm gleich sein, denn von seiner Sorte gab es nicht viele auf der Kugelerde.

Gleich wie gültig trat er aus dem Haus und sah eine nicht unstattliche Zahl an Schildbürgern zur nächsten Gaststätte eilen. Entgegengesetzt, wie rotglühende Lachse, bahnten sich einige wenige den umgekehrten Weg. Uhlenspiegel folgte jenen, obwohl ihm aus der Gaststätte beinahe der wohlselige Geruch des Alkohols und die Geräusche der ersten anbratenden Hähnchen eingeholt hätten. Und wer weiß, wie Uhlenspiegel entschieden hätte, wären diese Düfte rechtzeitig in seine Nase gedrungen. So stand er jedoch plötzlich vor der Kirche von Schilda, die Eingangspforte weit geöffnet wie das Maul des Walfisches, der Jonas gefressen hatte.

Von innen schwebten erste Orgelklänge ins Freie, mischten sich mit Weihrauch und gelegentlich dem wohlvertrauten Klang, wenn eine Geldmünze auf eine andere fiel.

Wo es ums Geld geht, ist es gut zu sein, dem Klang zu folgen, dachte Uhlenspiegel und trat in das alte riesige Gemäuer.

Einige wenige Seelen verharrten in sich zusammengekauert auf wurmzerfressenen Holzbänken, vorne stand in dunkelpurpurner Pracht mit Stolz gerichtetem Hals, gerade eben wie ein Messstock, der Pfarrer.

Als der Gesang begann, meinte Uhlenspiegel, noch weniger Bürgern anhörig zu werden, als tatsächlich vorhanden waren. Wie Blei legten sich die schweren Orgelklänge auf die verzagten Stimmen der Bußfertigen. Dann hob der Pfarrer an. Er machte unentwegt Zeichen in der Luft mit seinen Händen, dass Uhlenspiegel meinte, er male Bilder und habe in der Eile Pinsel und Staffelei vergessen. Seine Stimme war von einer jahrelangen ausufernden Weihrauchmenge wohl gerundet und seine Augen, obwohl sie kaum wirklich etwas sahen, wirkten wie die Blicke eines Adlers, der ein Opfer erspäht hatte.

Ab und zu hörte Uhlenspiegel Worte, die er nicht verstand, eine ihm altertümliche Sprache. Dann vernahm er wieder umso deutlicher die Sprache des Pfarrers, die Anwesenden kauerten sich unter seinen Worten noch mehr zusammen, als gelte es, Deckung zu nehmen, von den gewandten Artikulierungen nicht am Kopf getroffen zu werden. Am Höhepunkt der Rede brach der Pfarrer ab und lief mit einer Büchse, in der die Münzen lustig auf und ab sprangen, durch die Reihen der Kirchenbänke.

Uhlenspiegel geriet in eine Zwickmühle, er hatte kein Geld in seinen Taschen, auch hatte er vorne an der Tür kein Schild gesehen, dass hier Eintritt zu zahlen sei. Im Nu stand der Pfarrer mit der ganzen Wucht seines Leibes vor Uhlenspiegel.

Alles wirkt hier wie ein Walfisch, dachte Uhlenspiegel, die Kirche mit der aufgesprungenen Pforte und nun der Pfarrer, das Gesicht rotglühend, der mit weitaufgerissenem Mundwerk vor ihm stand.

Uhlenspiegel streckte seine Hand vor und ließ etwas Weiches in den Schlitz fallen. Die Augen des Pfarrers begannen zu funkeln, vermissten sie doch das vertraute Klingeling der Münzen. Uhlenspiegel beugte sich zum Pfarrer und flüsterte ihm etwas in die Ohren. Bald hellte sich das priesterliche Gesicht auf. Er schraubte die Büchse auf und hieß Uhlenspiegel hineinzulangen, ein paar Münzen herauszunehmen, damit er später im Gasthof etwas essen konnte, hatte er doch all sein Geld, einen bunten Papierschein mit endlosen Zahlen aus einem fernen arabischen Land, in den Kasten geworfen.

Uhlenspiegel fand Gefallen an der ganzen Angelegenheit. In seiner bei Leibe nicht eingeengten Vorstellungskraft konnte er sich keinen anderen Beruf vorstellen, der seinen Geschmack besser traf. Einer konnte in vornehmer Kleidung herumgehen, in Weihrauch schwelgen, allerlei Bilder in die Luft malen und obendrein den Zuhörern ordentlich die Meinung sagen. Und was Uhlenspiegel am sonderbar angenehmsten auffiel, dafür dass man den anderen ihr Sündenregister rauf- und runterprangerte, bezahlten sie einem noch Geld.

Uhlenspiegel hatte in seinem Leben längst herausgefunden, dort wo es ein Oben gab, gab es auch ein Oberes darüber, und über diesem

Oberen gab es wieder ein Oberes darüber, gerade wie eine Leiter mit endlosen Stufen, die irgendwann in den Wolken des Himmels verschwand.

Er besorgte sich Kleidung, die stärker glänzte als die Gewänder des Pfarrers, behing sich hier und dort mit Goldamuletten, steckte seinen Kopf unter einen ehrwürdigen schwarzen Hut und beschloss, dem Pfarrer einen Besuch abzustatten.

An einem frühen sonnigen Morgen klingelte er an der Haustür des Pfarrhauses. Der Geistliche war über den Besuch äußerst überrascht, keine Nachricht habe ihn erreicht, sonst hätte gewiss ein fürstliches Mahl mit erlesenen Kostbarkeiten auf der Tafel gestanden.

Der Himmel segne Dich für Deine guten Absichten, salbierte Uhlenspiegel.

Und damit es nicht nur bei den guten Absichten bleibt, denn Du weißt, nicht allein das Wort, sondern vielmehr die Taten werden im Himmel mit Gold aufgewogen, eile Dich, der Haushälterin aufzutragen, das beste Gericht der Küche zu entlocken, denn so wurde seit eh und je mit den prophetischen Gesandten verfahren, wie es auch in unserem dicken Buch allerorts beschrieben ist.

Man sah, dass Uhlenspiegel sich gut präpariert hatte. Beim Wort vom prophetischen Gesandten verschwand der Pfarrer in tiefster gebeugter Haltung, - lange dauerte es, bis er zurückkehrte, die ersten feinen Gerüche hefteten bereits an seiner Robe.

Es betrübt mich, fuhr Uhlenspiegel fort, dass Du in Absicht bist, Deine Vorgesetzten zu betrügen, setzte er plötzlich an.

Der Pfarrer erschrak höllisch, doch ließ er seinem Gesicht nicht entlocken, ob es dafür einen Grund gab.

Wie kommt es, dass Eure Hoheit solches annehmen?, fragte er keck zurück.

Es ist nicht an mir, entgegnete Uhlenspiegel, Dir eine Antwort zu geben. Der Betrug wird sich finden. Sag zuerst, ob Du derjenige bist, der für die Klingelbücher verantwortlich zeichnet.

Etwas zögernd nickte der Pfarrer.

Gut, fuhr Uhlenspiegel fort, dann wirst Du bereit sein, alles Geld zu geben, dass in der Klingelbüchse ist, damit ich es der Kirche höchstpersönlich bringe.

Gewiss, wenn Eure Hoheit es befehlen.

Darin liegt der Betrug!, zeterte Uhlenspiegel, in der Büchse steckt ein wertloses Stück Papier, dass Du für einen riesigen arabischen Geldschein hältst.

Nun erschrak der Pfaffe gehörig. Vor ihm stand wirklich ein prophetischer Gesandter, wie sollte er sonst von dem Geldschein wissen. Und vermutlich wusste er auch, dass er sich seinen eigenen Teil von diesem kleinen arabischen Schatz abzweigen wollte.

Uhlenspiegel hieß ihn, die Büchse zu öffnen. Tatsächlich erwies sich das Stück Papier als ein wertloses Nichts, denn als arabischer Geldschein mit einer unendlichen Zahlensumme.

Ich werde Dir Gelegenheit geben, für Diene Verfehlung Abbitte zu leisten, fuhr Uhlenspiegel den zitternden Geistlichen an.

Das Zittern wollte nicht aufhören. Er hatte sein Lebtag von Propheten, Hellsehern und dergleichen geredet, als er es aber plötzlich mit seinen eigenen Augen sah, dass jemand in eine verschlossene Büchse hineinsehen konnte und obendrein Gedanken zu lesen vermochte, erschrak er gewaltig, nie hatte er daran gedacht, dass sich solcherlei wirklich zutragen konnte.

Uhlenspiegel sah ihn scharf in die Augen und riss das Stück Papier an sich. Bedeutsam las er die lange Zahlenreihe vor.

Ich werde Dir die Forderung der Buße mitteilen, sagte Uhlenspiegel. Die Zahl, die ich Dir vorgelesen habe, sollst Du an die Kirche entrichten, aber nicht mit seltsamen arabischen Münzen, sondern mit unserem vertrauten heimischen Goldtalern.

Der Pfarrer schluckte, weshalb sich Uhlenspiegel genötigt sah, tiefer in ihn zu dringen.

Du musst nur Deine Predigt deutlicher halten, ein wenig mehr das Fegefeuer erwähnen, Deinen Schäfchen als Spiegel ihre Übertretungen vorhalten und wirst merken, dass sich die Büchse schneller füllt, als Du hören kannst, die Münzen schneller klingeln, als Deine Ohren ihren Klang unterscheiden können. Und was Du auf diese Art nicht einzuholen vermagst, sollst Du aus Deinem Sparstrumpf entrichten. Weißt Du doch am besten, dass jeder auch etwas selbst für seine Fehler aufkommen muss.

So wurde es von der fremden Hoheit, die nichts anderes als der vergeistlichte Uhlenspiegel war, beschlossen. Natürlich würde er persönlich es unternehmen, die Summe später der Kirche zu bringen. Der Pfarrer aber in seiner Schuld wagte nicht einmal zu fragen, wer denn diese Kirche sei und wo sie denn stünde, wohin Uhlenspiegel beabsichtigte, das Geld zu tragen.

Die Spur, die die Goldtaler hinterließen, deutete später auf eine seltsame Kirche, von der Uhlenspiegel gesprochen hatte, in ihr knisterte saftiger Braten am Spieß, stiefelhohe Biergläser standen auf den Tischen und reizvoll gekleidete weibliche Geschöpfe rauschten durch die Wellen der lärmenden Unterhaltung, die durstigen Kehlen und knurrenden Mägen, auch die weit aufgerissenen Augen, zufriedenzustellen.
Einer dieser Hälse steckte in einem hochsteifen, schneeweißen Kragen, von dem aus ein purpurnes Gewand nach unten fiel, das sich über den knurrenden Magen legte, der wohl dem Uhlenspiegel selbst am vertrautesten war.

Was Hänschen nicht lernt...
Kann Hans nicht verlernen.

2
Geraubter Raub

Die Bürger von Schilda lebten in einem glücklichen Zustand, eine lange, lange Zeit bis sie eines Tages feststellten, dass sie Tag für Tag mehr arbeiteten, ohne dass sich ihr Besitz im gleichen Maße mehrte. Schlimmer noch: Mit dem Geld wurde es weniger und weniger, je mehr die braven Bürger von Schilda arbeiteten.

Es muss ein Loch in unserer Stadt geben, dachten sie. Wo soll sonst das ganze Geld hin. Nur, wo war dieses Loch?

Vor die Öffnungen der Häuser hatte man extra Türen und Fenster gebaut, das nichts entweichen konnte. Also musste das Loch woanders stecken. Entweder so klein, dass man es nicht finden konnte oder so gewaltig, dass vor lauter Loch nichts zu sehen war.

In dieser schicksalsträchtigen Stunde kam Uhlenspiegel des Weges. Es schickte sich gut, dass auch er wegen eines Loches in seinem Geldbeutel mittellos war. Er konnte die Bürger von Schilda nur zu gut verstehen, das gemeinsame Leid fügte sie zusammen, gewiss auch die Not des Uhlenspiegels, seinen Geldbeutel wieder zu füllen.

Diesmal musste Uhlenspiegel gleichsam aus dem Untergrund wirken. Er merkte wohl, dass nicht alle Bürger von Schilda mittellos waren, gewiss der größere Teil, dafür konnten die anderen umso mehr in Saus und Braus leben. Er sammelte all die armseligen Geschöpfe um sich, ihnen von seiner Lebensweisheit mitzuteilen.

Wohin habt ihr all das Geld gebracht, das ihr mühsam zusammengetragen habt?,
fragte Uhlenspiegel in die Runde.

Die Antworten fielen sehr unterschiedlich aus. Das Gasthaus wurde genannt, auch ein Haus mit hübschen Frauen darinnen, der Friseur und etliches mehr. Und zwischen alldem tauchte immer die Bank auf, nicht das vierbeinige Holzgestell zum Sitzen, sondern der marmorne Kasten, in dem man mit Goldtaler hineinging und mit beschriebenen Stücken Papier herauskam.

Als Uhlenspiegel das vernahm, schalt er die Schildbürger.

Ob sie denn nie gehört hätten, dass von Zeit zu Zeit Räuber aus dem Nichts auftauchten, von der Magie des Geldes angezogen und solcherlei Gebäude mit Vorliebe ausplünderten.

Selbst wenn es nicht an dem sei, habe er von anderen Räubern gehört. Ihnen war das Geschäft des Überfalls zu mühselig und sie hatten herausgefunden, dass es viel einfacher sei, ein schönes Gebäude zu bauen und darauf zu warten, dass die Bürger von selbst ablieferten, so mussten sie sich nicht die Mühe des Raubens machen.

Und wenn die schöne kleine Bank in Schilda noch nie Schauplatz des ersten Ereignisses gewesen wäre, könne es nur bedeuten, dass sie es mit der zweiten Gattung zu tun hätten.
Solcherlei Rede kam gut an und Uhlenspiegel beschloss, noch eins drauf zu geben.

Es ist gewiss ungerecht, fuhr er fort, alle Schuld solcherlei Räubertum in die Schuhe zu schieben. Er habe festgestellt, dass das größte Loch das größte Gebäude sei und was sei wohl am größten, wenn man einmal von der Kirche absah? Von der Kirche wolle er in diesem Zusammenhang nicht sprechen, da dort ein Loch zwischen Erde und Himmel ist, wo die Schätze so weit hinweg-sickerten, dass sie fortan unerreichbar blieben. Offenbar hatte der Pfarrer die Schätze in einem unbekannten Gebäude im Himmel auf-bewahren lassen, obgleich niemand wusste, auf welchem Wege er zwischendurch kurzzeitig im Himmel verschwand.

Dann ist doch das größte Gebäude das Rathaus, erklärte Uhlenspiegel, es ist nichts anderes als ein riesiges umbautes Loch, wo euer ganzes Geld verschwindet.

Langsam dämmerte es den Bürgern von Schilda, sie dachten an die vielen Steuern und Abgaben, Abgaben hier und Abgaben dort, kein Tag verging, ohne dass dieses große Loch eine neue Abgabe ausspuckte, dazu gleich ein paar missmutige Gesichter, die alles überwachen und einsammeln sollten.

Auf meinen Reisen habe ich die Menschen am glücklichsten gefunden, die kein Rathaus in ihrer Stadt hatten, fuhr Uhlenspiegel fort. Nur leider fing vor langer Zeit eine Stadt mit diesem Übel an, das sich wie eine Pest ausbreitete und bald die ganze Welt angesteckt hatte bis auf einige kleine glückselige Inseln, auf denen es keine Steine gab, solche Gebäude mit dem Geld und zusätzlich dem Schweiß der herumlebenden Menschen zu errichten.

Da man nun einmal das Rathaus besaß, könne man es nicht einfach wegdenken. Er empfehle aber, alles Geld, was noch vorhanden sei, zusammenzutun, davon alle Ratsherren für drei Jahre in die weite Welt zu schicken, sich umzusehen, ob sie noch andere Formulare und Abgaben, die in Schilda nicht bekannt waren, entdecken könnten. In der Zwischenzeit wäre Schilda zu neuem Wohlstand gekommen, dass man sich auch die Ratsherren wieder leisten könne, selbst wenn sie in der Zwischenzeit noch mehr verrückte Ideen in ihre Köpfe gesteckt hatten.

Im Übrigen könnten sie es sich in den drei Jahren überlegen, ob es nicht besser sei, ohne dem Ganzen zu leben und man könne das Rathaus zu einem Viehstall oder dergleichen mehr umbauen, die Ochsen im Erdgeschoss, die Esel in der ersten Etage und das größte Rindvieh ganz oben unter der Dachkammer, um nicht zu viel Umbauarbeiten zu haben.

Es geschah, wie beratschlagt und ebenso trug sich alles zu, wie Uhlenspiegel in seiner Lebensweisheit vorausgesehen hatte. Nach einem Jahr besaß jeder so viel wie er sein Lebtag zuvor nicht gesehen hatte. Uhlenspiegel besah sich das prächtige Gedeihen ein weiteres Jahr und beschloss dann, zu seinem gerechten Anteil zu kommen.

In der Zwischenzeit hatte er es sich im Rathaus gemütlich eingerichtet, so dass er jeden Tag in einem anderen Zimmer speisen und nächtigen konnte und er rief die Bürger von Schilda zu einer wichtigen Ankündigung auf dem Marktplatz zusammen.

Jeden Tag sitze ich unter der goldenen Kuppel, hob Uhlenspiegel an, aber nicht zu meinem Vergnügen. Vielmehr beobachte ich alles, was um Schilda herum passiert. Ihr müsst nicht denken, dass die Anderen nicht von eurem Reichtum gehört haben. Allerlei Gesindel ist unterwegs, nicht wenige Räuber darunter, euch das wohl Verdiente strittig zu machen.

Die Rede verfehlte nicht ihre Wirkung, die Bürger von Schilda gerieten in ein heilloses Durcheinander. Gerade hatten sie sich an den Wohlstand gewöhnt und der sollte ihnen gleich wieder verlustig gehen? Uhlenspiegel hatte alle erdenkliche Mühe, wieder Ruhe zu schaffen.

Ihr müsst das Wertvollste dort verstecken, wo es am wenigsten erwartet wird. Und wo ist ein solcher Platz? Gerade dort, wo er am besten sichtbar ist, auf der Spitze der höchsten Bäume. Packt alles Wertvolle in grüne Säcke, damit sie nicht gleich entdeckt werden, und klettert auf die höchsten Bäume, die Säcke in den Baumwipfeln festzubinden. Ich habe bereits geeignete Bäume ausgesucht und für euch gut sichtbar gekennzeichnet. Nun müssen wir aber Vorkehrungen treffen, falls ein Räuber von seiner Gewohnheit abweicht, nach unten zu gucken, weil ja üblicherweise die Schätze in der Erde vergraben sind, und die Säcke auf den Bäumen entdeckt. Er wird nicht denken, dass ihr darin Lumpen versteckt habt und wird sogleich auf den Baum steigen. Dagegen müsst ihr Vorsorge treffen. Indem ihr ein Stück aus dem Baum heraussägt, gerade von einer Größe, dass man von einem Ende zum anderen nicht klettern kann, zweimal so groß wie ein gemeiner Räuber üblicherweise lang ist. Wenn die Räuber aber euer Sägen hören, werden sie von den seltsamen Geräuschen angelockt werden. Habt ihr das Stück herausgeschnitten, rennt sofort in eure Häuser, ohne euch umzublicken. Denkt an die Frau des Lots, wollt ihr nicht auch als Säulensalz enden. Erschreckt euch nicht, wenn ihr gleich darauf einen fürchterlichen Lärm vernehmt. Es sind die Räuber, die in Eile durch das Unterholz brechen. Euch wird nichts geschehen, habt ihr euch in euren Häusern eingesperrt. Und eure

Schätze sind in Sicherheit, weil niemand auf einen Baum klettern kann, wo mittendrin ein Stück fehlt.

So geschah es. Die wertvollsten Stücke wurden in grüne Säcke auf die Bäume gehängt und zugleich von jedem Baum ein großes Stück herausgeschnitten. Dann stürzten die Schildbürger davon, schneller als ein Baum umkippen konnte.

Uhlenspiegel musste nur noch auflesen, was er davontragen konnte.

Der Schaden war aber schnell vergessen, denn die Bürger von Schilda hatten noch - ob der vom Schicksal unverhofft ersegneten, einjährigen verspäteten Rückkehr ihrer Ratsherren - zwei erträgliche Jahre vor sich, in denen sie ohne Rathaus und Ratsherren ein weiteres Mal zu unvergleichlichem Reichtum gelangten.

Alle Wege führen nach Rom!
Auch die Umwege?
Auch die Sackgassen?
Auch die Abwege?

3.
Verkehrte Welt- we(nn)(m)'s gefällt

𝒜ls Uhlenspiegel einen Zeitvertreib suchte, erinnerte er sich an die Bürger von Schilda, an die vielen angenehmen, wenn dies auch mehr seine Person betraf, Begegnungen. So beschloss er, dem Ort einen erneuten Besuch abzustatten. Er zog sich einen vornehmen Frack an, dass man denken konnte, einem bedeutenden Gelehrten, Künstler, Dichter oder dergleichen mehr vor sich zu haben, schnallte seinen Rucksack, nicht auf den Rücken sondern unter den Mantel, einem Buckel gleich als Zeichen, trotz aller Vornehmheit von der Last des Lebens gezeichnet zu sein, ergriff einen Spazierstock mit goldbesprenkeltem Knauf und machte sich auf den Weg.

Oben auf dem Kopf trug er einen Zylinder, der mindestens einen Meter maß. Nur mochte dies der Wind nicht und blies ihm den Gegenstand ein ums andere Mal vom Kopf. Deshalb wurde Uhlenspiegel gehörig missmutig, besonders auf den Wind und kam in dieser Stimmung in Schilda an. Dort erblickte er als erstes eine alte Mühle, die angetrieben vom Sturm, heftig kreiste und dabei noch mehr Luftturbulenzen verursachte. Uhlenspiegel lief geradewegs zum Schmied, lieh sich die stärkste Kette, die er bekommen konnte, und kehrte zur Mühle zurück. Er baute sich vor der Mühle auf und versuchte, einem Lasso gleich, mit der Kette einen Windmühlenflügel einzufangen. Nach kurzer Zeit hatte sich ein stattlicher Teil der Bürger von Schilda versammelt, dem seltsamen Treiben zuzuschauen. Uhlenspiegel tat, als ob er all dies nicht wahrnahm und verstärkte noch seine Bemühungen, mit der Eisenkette, einen Windmühlenflügel einzufangen.

Als wieder ein Windstoß über seinen Kopf hinwegfegte und den prächtigen Zylinder in den Schlamm riss, stampfte er wie Rumpelstilzchen auf den Boden und beschimpfte die Windmühle auf übelste Art. Nachdem er auf diese Weise sich hinter seinem Rücken einen rechten Eindruck verschafft hatte, drehte er sich um, ließ die Augen überrascht kreisen, als habe er sich die ganze Zeit mutterseelenallein im Kampf gegen die Windmühle gewähnt.

Auf einmal hielt er sich geheimnisvoll den Finger auf den Mund und bedeutete den Bürgern von Schilda, näher heran zu treten.

Er dürfe nicht laut sprechen, flüsterte er, denn er sei hinter ein großes und noch wundersameres Geheimnis gekommen.

Die Welt stehe gewissermaßen auf dem Kopf und vieles sei nicht das, was es vorgab zu sein. Der Mond sei nichts anderes als die Sonne, die sich ein anderes Gewand übergestreift habe, wie sich auch jeder Vernünftige zur Nacht anders kleidete als für sein Tageswirken. Und die seltenen Stunden, da Mond und Sonne gleichzeitig zu sehen sind, seien nichts anderes als optische Täuschungen, Luftspiegelungen, wie er ihnen auch auf seinen fernen Reisen in der Wüste begegnet sei. Die Windmühlen aber seien nichts anderes als verwandelte Ungeheuer, die jederzeit zu einem Drachen oder Ähnliches werden könnten. Sie drehten sich nur, um durch scheinheilige Arbeit die Menschen abhängig zu machen, um dann, wenn es ihnen passte, die Arbeit zu versagen und Not und Hunger über ehrwürdige Bürger zu bringen.

Auch habe er herausgefunden, dass nicht der Wind die Mühlen drehe, sondern es sei gänzlich umgekehrt, die Mühlen drehen sich unentwegt im Kreis, um Wind zu erzeugen und damit ehrsame Bürger wie ihn zu malträtieren, indem sie ihnen die Hüte von den Köpfen bliesen und wenn man nicht aufpasste und sich im rechten Moment die Ohren zuhielt, einem den Verstand fortbliesen, indem sie in ein Ohr hinein und aus dem anderen wieder herausfuhren. Auch sei im Laufe der Zeit vieles auf den Kopf gestellt worden, weil niemand mehr das Gute, Alte zu schätzen wisse. Und diese Verdrehungen seien so dreist geworden, dass man die ganze Welt einmal tüchtig durchschütteln müsse, die rechte Ordnung wiederherzustellen.

In diesem Augenblick kläffte ein Hund, was Uhlenspiegel aufbrachte, da sich jemand unterstand, durch Gekläffe seine wichtige Rede zu stören, gleichsam kam es ihm aber entgegen. Er ließ sich den Hund bringen und packte ihn an den Ohren und Schwanz, beklagte, wie verkehrt die Ordnung der Welt geworden sei, da die Menschen Angst hätten, von einem Vierbeiner gebissen zu werden, wo es doch mit der Angst anders laufen müsse. Ebenso wolle er gleich beginnen, alles wieder richtig einzurenken, wozu, um einen Anfang zu setzen, dieser Hund kräftig zu beißen sei, damit er die richtige Ordnung verstehe, selbst Respekt vor den Menschen bekäme und diesen, als Ergebnis der heilsamen Belehrung, unter seinen Artgenossen verbreitet. Für ihn selbst sei diese Aufgabe unter seinem Stand, habe er sich doch erst vor einem Jahr auf seiner letzten Reise Respekt vor einem Löwen verschafft, indem er ihm die Zähne gezeigt und ins Ohr gebissen habe. Der Ärmste sei daraufhin entsetzt geflohen und habe sich erst wieder getraut anzuhalten, als er längst aus dem Urwald war und sich in einer anderen, nämlich der Eiswüste, wiederfand. Man habe ihm, Uhlenspiegel, über das seltsame Auftauchen eines Löwen im Eismeer berichtet, was ihn aber nicht verwunderte, da der Löwe vor ihm in diese Weite geflohen war.

Als man den Grund für dieses seltsame Ereignis erfuhr, habe man ihm die Ehre erwiesen, diesem nunmehr im ewigen Eis lebenden Löwen einen Namen zu geben und er habe sich für Seelöwe entschieden, da es dort oben mehr Wasser als Wüstensand gibt. Nun wolle man aber nicht länger zögern, auch diesem Hund den rechten Respekt vor der menschlichen Kreatur beizubringen und ein Mutiger solle hervortreten, den Hund kräftig ins Hinterteil zu beißen, bevor dieser sich erdreiste, solches mit einem Menschen anzustellen.

Da sich niemand fand, wandte sich Uhlenspiegel an den Bürgermeister, der inzwischen ebenfalls eingetroffen war, und doch als ehrenwerter Politiker Vorkämpfer für diese gute Sache sein müsse. Was sollte der Ärmste tun, ob er wollte oder nicht, fand er sich in Uhlenspiegels Rede gefangen, trat unter dem Getöse der anderen hervor und biss dem strampelnden Hund, dass es Uhlenspiegel eine Freude war, ins Hinterteil. Nicht, ohne dass der Hund ganz aus der Nähe des Bisses etwas Dunkles absonderte, das einen üblen Geruch verbreitete, um wenigsten den bisswütigen Kopf des Bürgermeisters zu vertreiben.

Uhlenspiegel gab dem Tier noch einen gewaltigen Tritt, unglücklicherweise auf die Stelle des Bisses, was nun wiederum den Hund derart wütend machte, dass er sich am Bein des Bürgermeisters gütlich tat. Offensichtlich hatte der Bürgermeister nicht hart genug zugebissen und somit sich nicht ausreichend Respekt verschafft.

Nun war helle Aufregung, ein wildes Chaos brach los, alle stürzten auf den Hund und damit auch auf den Bürgermeister, der sich bald unter einem gewaltigen Berg Fausthiebe verteilender Menschen wiederfand.

Am Ende waren beide, Hund und Bürgermeister, ordentlich malträtiert, was aber Uhlenspiegels Anerkennung hervorrief, für die gute Sache Vorstreiter gewesen zu sein. Der Vorfall zeige jedoch, wie recht er habe und dass diesem Vierbeiner auf mehrere Weise ausufernder Respekt beigebracht worden war.

Deshalb sollten alle ausschwärmen und verfahren, wie der Bürgermeister es ihnen heldenhaft vorgemacht habe. Er aber würde am nächsten Tag wiederkommen, ihnen andere wichtige, verdrehte Dinge zu erklären.

Und so geschah es, beides, das Ausschwirren der Bürger von Schilda und auch das Wiederkehren von Uhlenspiegel, der am nächsten Morgen pünktlich auf dem Marktplatz erschien und in nicht wenige zerkratzte Gesichter blickte.

Trotz der Ereignisse waren fast alle Bürger von Schilda erschienen. Es klang zu bedeutsam, was Uhlenspiegel erzählen wollte. Außerdem ging von ihm eine seltsame Aura, die sich Anziehung nannte, aus, die nicht zu sehen und nicht zu spüren, sondern einfach nur da war.

Uhlenspiegel trug seinen gewaltigen Zylinder, stand aufrecht auf dem Marktpodest, überblickte mit seinen Augen die Menge und führte plötzlich einen Schlag mit seinem Arm aus, als wolle er die Luft zerteilen. Und er wollte teilen, nicht die Luft, davon gab es genug, sie musste nicht geteilt werden, er teilte die Bürger von Schilda in eine rechte und eine linke Seite. Nachdem er nur durch Handbewegung eine ansehnliche Gasse zwischen den beiden Hälften geschaffen hatte, erklärte er der rechten Seite, dass man wegen des dringenden Problems mit den Hunden es bisher unterlassen hatte, den Kampf gegen die Windmühlen fortzusetzen. Sie könnten sich jederzeit in ein Ungeheuer zurück verwandeln oder aber derart heftigen Wind erzeugen, das ganz Schilda vom Erdboden weggefegt würde.

Er hatte jedoch nur Angst, dass ihm der teure Zylinder ein weiteres Mal vom Kopf geweht wurde, vielleicht war ja das Drehen der Wind-mühle der Tropfen, der das Windfass zum Überlaufen und seinen Hut vom Kopf brachte. Deshalb befahl er der einen Hälfte, sich mit

Ketten auszurüsten und die Windmühle von oben bis unten zu binden, um damit vor Ungeheuern, Stürmen und dergleichen mehr gewappnet zu sein. Derweil wolle er den Anderen weiteres Wichtiges erzählen, wovon alle profitierten und gleichsam von den Anderen ein Lohn für die tapferen Windmühlenkämpfer bereitet wurde.

Mir ist einiges zugestoßen, begann Uhlenspiegel seine neuerliche Rede, gerade, als ich den Fuß in euer Dorf setzte. Sehe ich doch einen prächtigen Apfelbaum, wie ich ihn noch nie erblickt. Diese Farbe. Runde Früchte, goldgelb, in der Sonne glänzen sie, laden den müden Wanderer ein, sich an ihnen zu laben, neue Kraft zu schöpfen. Und ich? In meiner Gutmütigkeit gehe ich darauf ein und kostete einen Apfel. Aber anstatt an Honig, süßen Semmeln und dergleichen mehr zu denken, kommt mir eine saure Zitrone in den Sinn, wie ich in den Apfel hineinbeiße.

Uhlenspiegel sagte dies in einem lang gezogenen, gewichtigen Ton, den Bürgern von Schilda Zeit zu lassen, ein ordentlich schlechtes Gewissen zu bekommen, gehörte der Apfelbaum doch ihnen. Und war es nicht erbärmlich und schändlich, einem ehrenhaften müden Wanderer auf diese Weise zu empfangen?

Was kann der arme Baum dafür, fuhr Uhlenspiegel fort. Nur von Sonne wird man nicht süß oder hat jemand schon einmal an einem Sonnenstrahl geleckt und festgestellt, dass der nach Zucker schmeckt?

Ihr müsst ihn nur richtig gießen, sagte Uhlenspiegel. Statt allerlei sinnlose Sachen herzustellen wie Bonbons, die nur ein Beispiel für das Verkehrte sind, dass auf dem Kopf steht; ihr meint, dass ihr die Bonbons esst, aber statt-dessen fressen sie euch auf, fangen bei den Zähnen an, wo sie große Löcher hineinfressen. Was soll ich euch sagen, statt dieses süße Verderben herzustellen, um euch an seinem Laster zu erfreuen, solltet ihr eure Apfelbäume mit Zuckerwasser gießen, bis es ihnen aus den Ohren wieder herauskommt. Dann habt ihr die süßesten Äpfel, bekommt obendrein euren Zucker zurück, wenn ihr die Äpfel schmaucht und obendrein, warum esst ihr Süßes und Saures nacheinander, erst den sauren Apfel und dann den süßen Bonbon, wenn ihr auf viel praktischere Art beides zusammen verzehren könnt?

So recht verstanden die Bürger von Schilda seine Worte nicht, was aber nichts machte, da die Wichtigsten von ihnen, es waren die Naturbürger, die für sich beschlossen hatten, nur noch Pflanzliches zu verzehren, da diesen Uhlenspiegels Worte sehr entgegenkamen.

Und so musste Uhlenspiegel nicht einmal fortfahren, denn sogleich machte einer der Naturbürger den Vorschlag, alle Süßigkeiten einzusammeln, um sie Uhlenspiegel zu geben, der daraus ein Gießwasser für alle Bäume zubereiten sollte.

So lief es trefflich und der Gaukler wollte nur auf eine kleine Abwandlung bestehen, da er, seltsamerweise, alles Süße bis auf die braune Schokolade mochte.

Uhlenspiegel lobte die Bürger von Schilda ob ihres Vorschlags und Eifers und sagte, man solle doch bedenken, dass es eine große Umständlichkeit sei, morgens beim Frühstück Schokolade und Kakao erst in die Milch schütten zu müssen. Man müsse nur den Kühen verbieten, weiter Gras zu fressen und sie ordentlich mit Schokolade vollstopfen, dann wäre es nur eine Frage der Zeit, dass sie fertigen Kakao und nicht Milch lieferten, und wenn man die Kühe vor dem Melken ordentlich durch das Dorf hetzte, bis sie vor lauter Hitze die Augen verdrehten, würden sie obendrein warme Schokolade liefern, wie es sich zum Frühstück gehört, ohne sie mühselig auf dem Herd erhitzen zu müssen.

Überhaupt, sagte Uhlenspiegel, sei mit den Kühen vieles im Argen und zu verändern. Es mache keinen Sinn, dass alle in der gleichen Tonart muhten. Vielmehr sollte man den Rindviechern beibringen, dass jedes für sein Gebrüll einen anderen Ton benutzte. Auf diese Weise seien sie für alle und besonders für die Blinden besser auseinanderzuhalten. Auch würde es bald so interessant in Schilda klingen, dass sie es sich künftig sparen konnten, ihre Kinder damit zu quälen, auf Musikinstrumenten zu lernen, um später Konzerte, für die alle teuer bezahlen müssen, zu veranstalten, da das Gebrüll der Kühe ihnen lieblicher und abwechslungsreicher als ein Engelschor in den Ohren klingen würde.

Mit dieser himmlischen Aussicht, dazu mit einem prallgefüllten Sack voller köstlicher Süßigkeiten, stieg Uhlenspiegel vom Marktpodest. Die Bürger von Schilda hatten vorerst genügend an Arbeit zu verrichten, während er sich auf den Weg begeben müsse, neues Interessantes in der Welt, natürlich erst nach der Mühe des Herstellens von süßem Gießwasser, für sie zu entdecken.

Horch, was kommt von draußen rein...
Das kann noch nicht drinnen sein!

4.
Weihnachten - unter dem Erdkreis

Die Bürger von Schilda hatten mit der Klugheit ihres Geistes und dem Fleiß ihrer Hände dafür gesorgt, dass das größte Schild, von Menschenhand errichtet, sich in ihrer Stadt befand. Hoch genug, selbst von der entgegengesetzten Stelle der Erdkugel gesehen zu werden. Dies war jedenfalls die Auffassung ihres Klügsten, den sie ob seines unermesslichen Verstandes zum Bürgermeister ihres kleinen Ortes bestimmt hatten.

Kam die Weihnachtszeit war aber selbst der kleinste Weihnachtsbaum auf dieser Erde besser zu sehen als das angeführte Schild, denn jetzt trug jeder Baum hell leuchtende Kerzen, während das unermesslich hohe Schild nichts anderes war als ein langer, schwarzer Strich, der sich in der Dunkelheit der Nacht verlor. Nun war guter Rat teuer. Denn wer sich das liebe lange Jahr daran gewöhnt hatte, der beste und höchste aller Orte zu sein, und sei es nur durch ein Schild, dem konnte es unmöglich zuträglich sein, ausgerechnet zum Weihnachtsfest dieser Ehre abhanden zu kommen.

In jedem kleinen Haus rauchten die Köpfe, zu allermeist der auf den Schultern des Bürgermeisters. Bald zahlte es sich aus, dass sie ihren Klügsten zu ihrem Obersten gewählt hatten. Für den morgigen Tag hatte er die Bürger zu einer wichtigen Verkündigung auf den Marktplatz zusammengerufen.

Erwartungsvoll und dicht gedrängt standen die Menschen anderen Tags in der Mitte ihrer kleinen Stadt.

Wir werden dem Übel abhelfen müssen, sagte der Bürgermeister in einer Weise, die ebenso einfach wie von logischem Denken ist, dies ist das Ergebnis meiner nächtelangen Gedankenketten, das unsägliche Problem zu lösen.

Die Spannung stieg durch diese Worte auf das Unerträglichste, so dass der Bürgermeister sich bemüßigt sah, kurzerhand mit der Lösung herauszurücken, wollte er nicht ein furchtbares Gewitter über seiner Stadt riskieren, dermaßen hoch war die knisternde Spannung, welche in der Luft lag.

Haben wir das höchste Schild, dann brauchen wir auch den größten Weihnachtsbaum, um unserer Stellung unter all den Städten nicht verlustig zu gehen.

Ein gewaltiges Raunen ging durch die Zuhörerschaft. Die Klugheit der Lösung hatte jeden schier überwältigt, dass die Münder weit aufgerissen waren und staunende Augen durch den Tag glotzten.

Die Umstände wollten es, dass der höchste Tannenbaum ebenso in ihrem Ort war. Es war ein prächtiger Baum, dicke grüne Nadeln mit gewaltigen Zapfen, der es sich nicht hatte gefallen lassen, von einem lächerlichen Schild überragt zu werden und deshalb in den letzten Jahren fast bis zu den Wolken gewachsen war.

Nun war zwar die Lösung gefunden, noch nicht aber der Weg, den klugen Rat des Bürgermeisters umzusetzen.

Wir werden, fuhr der Bürgermeister fort, nur die Spitze mit Lichtern benetzen. Unmöglich können wir auf dem ganzen Baum Kerzen aufstellen. Selbst wenn wir damit gleich zu Beginn eines Jahres anfangen, wären wir bis zum Weihnachtsfest nicht fertig. Auch lässt unser arg gebeuteltes Stadtsäckel, in das wegen der Kosten für das hohe Schild riesige Löcher gefressen waren, eine solche Lösung nicht zu. Es reicht, die Spitze zu schmücken, gerade in einer Ausdehnung, wie bei einem üblichen Weihnachtsbaum. Das Ganze blieb noch immer der höchste festlichste Baum auf diesem Erdkreis.

Allein war durch diese zusätzlichen Worte die Lösung weder gefunden, noch die Arbeit einfacher geworden. Niemand wagte es, auf den hohen Baum zu steigen. Auf der Spitze könne sich ein böser Weihnachtsgeist versteckt halten. Auch sei es möglich, sich in dem hohen Baum zu verlaufen, dass einer nicht mehr auf die Erde zurückfände. Oder einer würde beim Hinaufsteigen gar versehentlich auf der anderen Seite der Erde ankommen und niemals in seinem Leben seine liebgewonnene Heimat wiedersehen.

Man müsse dem Baum Respekt abnötigen, schlug einer der Bürger vor. Ein jeder habe sich in angemessener Weise vor dem Bürgermeister zu verneigen, warum nicht ebenso der Weihnachtsbaum?

Mit diesen Worten wusste zunächst niemand etwas anzufangen, bis sich der Redner zu weiteren Erläuterungen veranlasst sah.

Wenn sich der Baum voller Ehrerbietung vor ihren Bürgermeister verneige, wäre nur die Gelegenheit beim Baumschopfe zu packen und die Spitze des Weihnachtsbaumes mit Kerzen zu versehen.

Ein jeder verstand und alle waren in einem Maß angetan, dass beschlossen wurde, den Redner zum neuen Bürgermeister zu machen, sollte dem alten bei diesem gefährlichen Unterfangen Leid oder Tod zustoßen. Denn konnte es nicht sein, dass der Baum sich so tief verneigte, dass er auseinanderbrach und ihren liebgewonnenen Bürgermeister zerschmetterte?

Die Idee wurde auf mancherlei Weise verfeinert. Als erstes wurde ein Thron gebaut und dem Bürgermeister eine Krone auf den Kopf gesetzt, denn müsste die Verbeugung bei einem König nicht tiefer ausfallen als bei einem Bürgermeister? Der Baum würde die Täuschung nicht bemerken. Außerdem wurden zehn starke Männer ausgesucht und mit kräftigen Seilen versehen, die den Baum festbinden sollten, hatte er sich erst einmal zur Erde geneigt. Auf diese Weise könne man ihn in aller Ruhe schmücken und auch langsam genug wieder aufrichten lassen, sonst könnte es am Ende sein, dass beim raschen Hochschnellen die mühsam angebrachten Kerzen erloschen.

Alles war bereitet. Der Bürgermeister saß auf einem prächtigen Thron mit einer Krone auf seinem Haupt vor dem riesigen Tannenbaum, an seiner Seite hielten sich zehn kräftigen Männer bereit. Nun musste dem Baum noch erklärt werden, dass er sich mit Ehrerbietung vor dem Obersten Herrn aus Schilda, gewissermaßen dem aus der Not geborenen vorübergehenden Weihnachtskönig, zu verneigen hatte.

Dazu war eine Rede vorbereitet, die zu halten Aufgabe des Stadtkämmerers war. Sie wiederzugeben ist hier nicht der geeignete Ort, sie enthielt ungezählte Beispiele für die Außergewöhnlichkeit des kleinen Ortes, die unvergleichlichen Leistungen ihres wackeren Bürgermeisters und schloss mit den Worten:

...dürfen wir Sie nunmehr bitten, sich wie ein jeder andere vor dem Weihnachtskönig, der gewissermaßen in einer Person auch oberster Dienstherr sämtlicher Weihnachtsbäume und damit auch Ihr oberster Dienstherr ist, sich deshalb zu verbeugen, ihm die Ehre zu erweisen! Wieder lag eine gewaltige Spannung in der Luft, alle blickten auf den Baum. Minutenlang, stundenlang, tagelang. Allein es geschah nichts. Unverdrossen hielt der Bürgermeister auf dem

Thron aus, bis es endlich auch ihm zu Bewusstsein kam, dass auf diese Weise kein Ruhm zu erlangen war.

Eine aufgeregte Erörterung über die Gründe des Versagens ihres Unterfangens brach los. Der Stadtkämmerer könne zu leise gesprochen haben. Niemand wisse, wie weit oben angebracht die Ohren am Weihnachtsbaum saßen. Vielleicht habe der Stadtkämmerer auch nur in einer falschen Sprache parliert, die der Baum trotz seiner weihnachtlichen Bemühungen nicht verstehen konnte. Es blieb nicht aus, sich über eine andere Lösung Gedanken zu machen.

Kommt der Baum nicht zu uns, kommt einer von uns zu ihm, rief ein erregter Bürger.

Niemand verstand. Denn hinaufklettern war bereits als zu gefährlich verworfen worden.

So sah sich auch dieser Redner genötigt, seine Idee auszuführen:

Ist der Baum bis in den Himmel gewachsen, könne dies ebenso einer von ihnen schaffen. Und wenn er erst einmal so groß wie der Baum sei, war es ein Leichtes, in der Spitze die Lichter anzubringen.

Dieser Vorschlag fand nicht weniger Begeisterung als der erste. Schnell war einer der ihren ausgemacht, der die anderen ohnehin um Haupteslänge überragte. Er wurde auf einen Stuhl gesetzt, es ihm angenehm zu bereiten, allerdings im Freien, denn wie sonst könne er in einem Haus wachsen, wo er doch bald mit seinem Kopf gegen die Decke stieße. Von einem jeden Geschäft wurde ein Weg bis zu jenem Stuhlplatz angelegt, allerlei Köstlichkeiten in ausreichendem Maß und bequem herbeizuschaffen. Denn schließlich müsse der Ausgesuchte tüchtig speisen, um in die Höhe zu wachsen. Auch entbrannte eine lebhafte Diskussion, welcherlei Kulinaritäten für den Zweck am geeignetsten seien.

Einer schwor auf gelbe Rüben, denn jedes Mal, habe er eine von ihnen trotz ihres wenig angenehmen Geschmacks verspeist, sei er am nächsten Morgen um dieselbe Länge größer aufgewacht, die auch die gelbe Rübe gehabt habe.

Viele andere wundersame Rezepte wurden preisgegeben, nicht selten zum Verzehr von Tannenzapfen angeregt, denn schließlich galt es, diesen Baum in seiner Länge einzuholen, ihn bei den Hörnern zu packen, und diese stellten bei einem Baum eben dessen Zapfen dar, da nichts anderes Hornvergleichbares an einem Weihnachtsbaum auszumachen war. In ihrer Gründlichkeit dachten die Bürger dieses seltsamen Ortes an alles, selbst an das Anlegen eines schmalen Grabens vom Stuhl bis zu einem ausreichend weit entfernten Acker. Denn wo viel gegessen wurde, müsse auch viel entsorgt werden.

Bald darauf begann das Unterfangen. Kübelweise wurde Speise herbeigeschafft und, nachdem es der natürliche Gang nicht allein schaffen wollte, mit Trichter und Stampfern in den Auserwählten hineingestopft, dass man meinen konnte, dem Mästen einer Weihnachtsgans ansichtig zu werden.

Nach jeder Stunde musste der Ausgesuchte sich aufrichten, zum einen, um das Essen leichter nach unten sacken zu lassen, zum anderen, um abzumessen, inwieweit bereits ein erster Erfolg eingetreten war. Indes war solcherlei nicht festzustellen. Nicht nach einer Stunde, nicht nach einem Tag, auch nicht nach einer Woche oder einem Monat.

Schon meinten die ersten, das Ergebnis gleiche einem Ballon kurz vor dem Platzen. Andere wiederum sahen auch dies von der praktischen

Seite. Dann müsse der Ausgesuchte eben hingelegt werden, wachse er mehr in die Breite als in die Höhe, dadurch würde eben die Breite in die Höhe wachsen.

Als sich nach einem weiteren Monat der Ausgesuchte am Morgen eines lieblichen Sommertages nicht mehr rührte und auch unter größter Gewalt sein Maul nicht mehr aufzusperren war und endlich als untrügliches Zeichen seines Ablebens sich auch nichts mehr zeigte, was durch den Kanal hinter dem Stuhl zu entsorgen war, wurde das Unterfangen beendet. Es wurde ihm ein stattliches Begräbnis zuteil, hatte er sich doch für den Ruhm der Stadt geopfert und eigenes Wohlergehen nicht höhergestellt.

Drei Tage dauerte es, eine ausreichend geräumige Grube ausgehoben zu haben, ebenso müsse die Grube etwas größer ausfallen, falls sich der Tote entschloss, sich im Grabe umzudrehen, wovon bei mancherlei Anlass eine Rede war. Die Bäcker, Metzger und Bauern trauerten um den Verblichenen und das vergeblich eingesetzte Kapital in besonderer Weise und ihnen wurde die Ehre zuteil, während der Trauerversammlung in der vordersten Reihe zu sitzen, möglichst lange dem Ergebnis ihres Bemühens ansichtig zu werden.

Nach angemessener Trauer wollte es der Zufall, dass dem Bürgermeister in jener schwarzen Trauerzeit der Einfall für die trefflichste aller Lösungen gekommen war. Ihm sei es beim Graben während jener drei Tage gekommen, erklärte er. Man müsse nur eine Grube direkt unter dem Baum ausheben, tief genug, dass der Baum bis auf die Spitze hineinreichte. Auf diese Weise könne er anschließend auf bequeme Art mit Kerzenlicht versehen werden und müsse danach nur wieder angehoben werden.

Von Neuem hatte es sich herausgestellt, dass sie ihren klügsten zum Bürgermeister ausgesucht hatten. Die Spaten waren noch warm vom Graben und man begann unverzüglich mit der Ausführung des Planes.

Wie lange gegraben wurde, davon konnte sich am Ende niemand mehr erinnern. Dafür aber an den gewaltigen Lärm, als die Erde nachgab und der riesige Baum im Loch verschwand. Und dazu viel tiefer als erwartet. Ihn jemals wieder ans Tageslicht zu befördern war unmöglich, das wurde auch den Bürgern jenes wundersamen Ortes bewusst. So wurde einer der ihren an einem langen Seil in die Grube hinabgelassen, wenigstens dort die Baumspitze mit Kerzen zu schmücken. Habe man auch nicht den höchsten Weihnachtsbaum, dann habe man eben den tiefsten. Und einen, der unter der Erde leuchtete, von einem solchen habe noch niemand gehört. Selbst jener zwar sonderbare aber doch weitgereiste Uhlenspiegelgeselle, der von Zeit zu Zeit ihr beschauliches Städtchen aufsuchte, habe bei seinen vielen Besuchen nie von einem solch tief in der Erde stehenden Weihnachtsbaum zu berichten gewusst.

Im Übrigen könne man unverändert auf das höchste Schild auf diesem Erdkreis verweisen. Bei Gelegenheit würde man an dessen Spitze einen Hinweis anbringen, dass hier ebenso der tiefste Weihnachtsbaum des Erdkreises anzutreffen sei. Wer es nicht glaube, solle sich beizeiten auf den Weg machen, weit genug sei der Zettel auf dem Schild zu sehen, und man könne auch noch keine Zusicherung treffen, wie lange der tiefste Weihnachtsbaum des Erdkreises brennen würde. Eile sei aus diesem Grund geboten, ihm noch zu weihnachtlichen Zeiten bestaunen zu können.

Das letzte Hemd hat keine Taschen.
Dafür goldene Gamaschen.

5.

Die Neue (umgedrehte) Welt

*E*s verdrießte Uhlenspiegel, immer nach Schilda laufen zu müssen, um seinen rechten Spaß zu haben. Er bemerkte, dass die Knochen nicht jünger und die Wege nicht kürzer oder weniger beschwerlich wurden. Die Lust am Reisen wird mit den Zeichen des Alters zur Unlust und er sann darüber nach, es auch in diesem Punkt bequemer zu haben.

Die Bürger von Schilda waren zwar in ihrem Ort zu bewegen, allerlei seltsame Dinge anzustellen, doch Uhlenspiegel wusste nicht, wie es ihm gelingen sollte, sie aus der Beschaulichkeit ihres kleinen Ortes zu locken. Die Rechnung war einfach. Konnte er nicht mehr nach Schilda, mussten die anderen zu ihm kommen oder sich derart in der Welt ausbreiten, dass sie in jedem Ort anzutreffen waren, somit auch in jenen Orten, wo Uhlenspiegel lebte und in den Dörfern gleich dicht um ihn herum.

Nun war es kein einfaches, die Bürger aus Schilda aus ihrer beschaulichen Welt zu locken. Etliche Gedanken kamen Uhlenspiegel in den

Sinn. Er verwarf sie alle, keiner schien ihm für sein Vorhaben geeignet. Er dachte, sie als Baumeister in die Welt zu schicken, überall das Bauen von Rathäusern ohne Türen und Fenster einzuführen. Doch verwarf er auch diesen Einfall. Nicht, weil es kein Licht in den Rathäusern geben würde. Vielmehr, wie sollten all die hohen Herren ins Rathaus kommen, die einfachen Leute zu regieren, baute man die Rathäuser ohne Türen und Fenster.

Etliche Vorschläge dergleichen mehr verwarf er, bis er sich einfach auf den Weg machte, darauf vertrauend, dass ihm auf dem Weg das Richtige in den Sinn kriechen würde. Unterwegs schlug es in Uhlenspiegel Purzelbäume, so schön kam ihm das Leben vor, von der Sonne beschienen, die Vögel zwitscherten, Blumen verströmten ihren Duft und die feingeputzten Dörfer glänzten im hellen Tageslicht. Da wollte ihm die Seele überlaufen und beinahe war er drauf und dran, von all seinem Schabernack abzuschwören, ein besseres Leben zu beginnen. Nur kam es ihm in den Sinn, das Wetter würde wechseln, Regen statt Sonne, graue Mauern statt strahlender Dörfer, da würde es etwas wie lustige Streiche bedürfen, ein wenig Licht in die Welt zu bringen.

Wie er so, mehr innen als außen, Purzelbäume schlug, kam Uhlenspiegel nicht umhin, die Welt von unten zu betrachten und er merkte, wieviel interessanter sie auf einmal aussah. Die Bäume glichen zerfransten Löffeln, Häuser waren wie ein spitzer Keil, mit denen jemand Löcher in die Luft bohrte, Wolken waren ein luftiger Teppich, Vögel auf dem Boden entlang rasende schwarze Ungeheuer, Blumen glichen edlen Weingläsern.

Man muss alles auf den Kopf stellen, dachte Uhlenspiegel, so lange, bis man es überdrüssig wurde. Mit diesen Gedanken erreichte er Schilda. Er ließ sogleich Vorkehrungen treffen, beim Bürgermeister vorzusprechen, habe er doch einen wichtigen Plan zu unterbreiten. Das Glück kam ihm zu Hilfe, dass seit nicht so langer Zeit ein anderer Bürgermeister war, der sich an die üblen Streiche nicht mehr erinnerte. Auch schien der neue Bürgermeister allem Neuen weltoffen, sah er darin eine Möglichkeit, den alten Mief ein wenig zu vertreiben. Uhlenspiegel rannte offene Türen ein, traf auf weit geöffnete Ohren und war am Ende des Gesprächs nicht weniger als der erste Stellvertreter des Bürger-meisters. Zu nächtlicher Stunde und in seltener Eintracht gingen beide in den Ratskeller, bei einem ordentlichen Glas Bier die neue Zeit zu besprechen.

Es muss alles anders werden, begann Uhlenspiegel, alles, nicht eines darf bleiben wie es ist. Ich bin viel in der Welt herumgekommen und habe überall die neue Zeit gesehen. Prächtige Kleider trägt sie, die neue Zeit, golden, mit feinen Spitzen besetzt, mit funkelnden Edelsteinen überladen, man müsse es nur richtig anpacken. Andererseits könne es gar geschehen, dass die neue Zeit über einen hinwegrollt und aus Schilda nichts anderes zurücklässt als ein Häuflein plattgewalzter Häuser. Zur rechten Zeit müsse einer kommen, dies sei die neue Losung, sonst bestraft einen das Leben, das für die Tüchtigen gütig, für die Spätkommenden aber grausam sei. Verstand und Ordnung sei überall von Nöten, solcherlei seltsame Dinge wie Rathäuser ohne Fenster, ohne Türen und dergleichen mehr, dürfe es fortan nicht mehr geben.

Beredet, beschlossen, getan!

Der neue Bürgermeister und Uhlenspiegel krempelten Schilda von oben nach unten um, auch umgekehrt, von unten nach oben, dass es bald nicht mehr wiederzuerkennen war - und nichts anderes als ein kleines Städtchen wie Millionen anderer darstellte. Alles war wie gewöhnlich auf der Welt, für die Bürger von Schilda aber war das Normale wie eine völlig neue Welt. Und nichts anderes hatte Uhlenspiegel im Sinn gehabt.

Die Zeit war normal geworden, aber längstens nicht so golden, spitzenbesetzt und edelstein-überladen wie angekündigt. Bald fühlte sich niemand mehr wohl in Schilda, doch zu ändern gab es nichts mehr. Deshalb ließ Uhlenspiegel eine große Versammlung einberufen, um allen zu verkünden, welche Lösung er für die neuen Probleme herausgefunden hatte.

Werte Bürger von Schilda,

begann Uhlenspiegel seine hochtrabende Rede, werte Bürger und werte Nichtbürger von Schilda, wir können nicht rückgängig machen, was zu ändern galt und uns viel Mühe bereitet hat. Auch wenn die Zeiten noch nicht golden, von Spitzen besetzt und mit Edelsteinen behangen scheinen wie erwartet, sind wir auf dem richtigen Weg, aber es wird nicht anders in seiner Art werden, als wir es zu ändern angefangen. Darum empfehle ich einem jeden, Schilda Schilda sein zu lassen und in die weite

Welt hinauszuziehen. Ich selbst bin etliche Male dort gewesen, in der weiten Welt, und habe ein jedes Mal reichlich Gewinn gehabt, Gewinn an Erfahrung, Eindrücken, Geld und (dies murmelte Uhlenspiegel nur vor sich hin) auch an Spaß.

Deshalb rate ich einem jeden von euch, in die Welt hinauszuziehen und eure Erfahrung als Bürger von Schilda mitzunehmen. Man wird euch nicht allein mit offenen Armen empfangen, sondern dorthin setzen, wo es euch gebührt. An führende Stellen, besonders an den wichtigen Positionen in Rathäusern und dergleichen mehr. Da ihr gewissermaßen die einzigen seid, die es verstehen, Licht in diese dunklen Gebäude hinein zutragen. Überall werdet ihr den Keim für ein neues Schilda setzen und, wenn es euch beliebt, könnt ihr nach verrichteter Arbeit überdenken, alle wieder zusammenzukommen. Nun muss ich enden, mein Herz wird mir schwer daran zu denken, euch zu verlassen. Aber wir werden einander wiedertreffen, in der wahren Welt - so wahr ich hier stehe!

Damit endete Uhlenspiegel. Nichts anderes hatte er im Sinn gehabt, überall in der Welt das Treiben von Schilda wachsen zu sehen. So musste er sich im hohen Alter nicht mehr die

Mühe machen, nach Schilda zu reisen, sondern konnte es überall antreffen, selbst in seiner nächsten Umgebung, Heimat genannt, um bis zu seinem eigenen Ende Spaß zu haben.

Alles andere trug sich zu, wie es Uhlenspiegel vorhergesagt hatte. Die Bürger von Schilda verließen ihren Ort, die weite Welt zu sehen, wurden mit offenen Armen empfangen, viel mehr noch, besonders in Rathäusern und dergleichen Orten an die wichtigsten Stellen gesetzt, das Leben überall mit ihrem stumpfen Sinn zu bereichern.

Dem Tod noch mal von der Schippe gesprungen...
Nächstes Mal kommt der Tod mit einer größeren Schippe.

6.
Märchenhafte Freiheit

$\mathcal{D}$ie Bürger von Schilda lebten also sehr in ihrer eigenen Welt, dass nicht einmal die Märchen zu ihnen vorgedrungen waren. Nicht weit von ihrer Beschaulichkeit entfernt stieg eines Morgens Uhlenspiegel aus dem Bett und da er es mit dem linken Fuß zuerst tat, überkam ihm ein recht grimmiges Gefühl. Sein erster Blick fiel auf ein altes Märchenbuch, den Gebrüder Grimm zu danken.

Grimm, murmelte Uhlenspiegel, es kommt mir gar zu Recht in diesem unseligen Moment als nichts anderes auf der Welt. Ist es nicht genug, morgens aufstehen zu müssen, nur weil es jemanden einfiel, die Arbeit in die Welt hinein-zuerfinden. Dazu in einer geforderten Eile, dass sich die eigenen Füße überschlagen und außer Kontrolle der Linke zuerst auf die schlafende Mutter Erde tritt.

Solcherlei Gedanken ließen sein Gesicht noch ein gutes Stück grimmiger werden, als er in dem abgewetzten Buch blätterte.

Am nächsten Tag machte Uhlenspiegel sich auf den Weg nach Schilda, auf dem Rücken einen riesigen Sack mit Utensilien, kaum eines davon aber in der Art, wie man es auf Reisen mitzunehmen pflegt.

Kaum war er in Schilda angekommen, hielt er vor dem ersten Haus inne, griff in den prallen Stoffsack, zog Hammer, Nagel und altes trockenes Zuckergepäck heraus.

Der innen ansässige Schildbürger staunte nicht schlecht, als er die Schläge des seltsamen Spechtes vernahm, noch mehr, als er Uhlenspiegel bei seinem seltsamen Treiben ansichtig wurde. Hinter ihm stürzte seine Frau nach draußen und als Uhlenspiegel sie sah, lange, spitze Fingernägel, ein messerspitzes Kinn, wirr zerzauste Haare, sah er sich bestätigt, sein Schaffen hier zu verrichten. Die Bestürzung legte sich sogleich, nachdem Uhlenspiegel den Grund für seine Arbeit erklärt hatte. Er zeigte das alte Buch, dann auf das Bild zweier herumirrender Kinder, die Lebkuchen von einem Haus brachen.

Es könnte wohl geschehen, hob Uhlenspiegel an, dass eines eurer Kinder verloren geht. Für solche Fälle sei es über alle Maßen angebracht, ein Haus zu haben, dass mit Zuckerwerk überzogen ist. Wisse doch jeder, wie gut die Nase eines Menschen ist und wie sicher Kinder von solch süßen Leckereien angezogen würden, dessen lieblichen Duft sie noch vom anderen Ende der Welt wahrzunehmen imstande sind.

Um dem Ganzen eine echte Wirkung zu verleihen, müsse natürlich das Zuckerwerk an einigen Stellen herausgebrochen sein. Am Ende würden sich die hungernden Kinder nicht trauen, davon zu nehmen, wenn das Ganze in seiner vollkommenen Form unversehrt war. Aber war erst einmal ein Anfang gemacht, wozu übrigens er sich erböte, wird es den Kindern jegliche Angst nehmen. Auch ströme der süße Duft besonders aus den zerbrochenen Stellen heraus und würde es den Kindern enorm erleichtern, den Weg zu finden.

Es braucht nicht viel Fantasie, sich auszumalen, welche andere Geschichten Uhlenspiegel aus dem Buch zog, daraus einen trefflichen Nutzen zu ziehen.

Bald glich Schilda einem bunten Eintopf, in dem jemand alles Gemüse, dessen er habhaft werden konnte, zusammengemischt hatte. Frauen ließen ihre langen blonden Haare aus dem Fenster

hängen, Mädchen liefen unter roten Käppchen spazieren, alte runzelige Weiber keiften und küssten unentwegt Froschkröten, die Bürgermeisterfrau stand auf dem Rathausbalkon, schüttelte von abends bis morgens Federbetten, im Sommer kühlenden Schnee herbeizuzaubern, alte verhutzelte Männer tanzten wie Indianerkrieger um ein Feuer, sangen seltsame Melodien und stampften mit den Beinen, dass man meinen konnte, die Erde zerberste. Schweine klebten an Gänsen und diese wiederum an Kühen, und wer das Glück hatte, dass ihn der Tod traf, all diesem Aberwitz zu entrinnen, den trug man in großen gläsernen Gebilden zur letzten Ruhe, allen sichtbar einen roten Apfel im Hals steckend.
Uhlenspiegel besah sich das Treiben und zog hier wie dort seinen Nutzen, später behaupteten böse Zungen, er habe einmal sogar einem Toten den Apfel aus dem Mund entrissen, seinen ihm plötzlich überfallenden Hunger auf Obstiges zu stillen.

Langsam stellte sich bei Uhlenspiegel Überdruss ein und so bat er die Bürger von Schilda, am nächsten Abend, es müsse aber bereits die Dunkelheit über Schilda gefallen sein, sich auf dem Marktplatz zu versammeln. Und so geschah es. Es herrschte völlige Schwärze, nur ab und zu lugte der Mond hervor, neugierig, was Uhlenspiegel als nächstes anzustellen gedachte.

Dieser steckte bereits in einer gewichtigen Rede, die sich immer mehr in eine märchenhafte Erzählung wandelte.

Beim Lesen des Buches habe er festgestellt, dass einige Seiten herausgerissen waren und seine Vermutungen hätten ihn gleich bedeutet, dass es sich um eine besonders grausame Geschichte mit einem aber umso wundersameren Ende handeln musste. Eifrige Nachforschungen seinerseits hätten dies bestätigt und er sei nach langen Mühen in den Besitz jener Seiten gelangt, die sich in zehn Kopfkissen eines unterübervorsichtigen Lehrergesellen befunden haben.

Die Bürger von Schilda seien aber nunmehr hinlänglich erprobt und von einem selbst ausgewiesenen Spezialisten, was die grimmigen Märchen anbelangt, für würdig genug erachtet worden, der Geschichte anhörig zu werden.

Um es auf den Punkt zu bringen,

liebe Bürger von Schilda,

flüsterte Uhlenspiegel in die schwarze Nacht hinein, handelte diese Geschichte von einem

Drachen, der sieben Köpfe und dreimal so viele Zungen auf einem einzigen Hals trug.

Das Ganze ist nicht weiter der Rede wert, weil sich ein solcher Drache in aller Regel nicht entscheiden kann, welcher Kopf zuerst mit dem Fressen an der Reihe war, sodass es üblicherweise eine Frage der Zeit war, bis er verhungerte.

Wenn, ja wenn da nicht die Kleinigkeit des Feuerspuckens wäre, eine Unart, die er, Uhlenspiegel, ganz und gar nicht gutheißen könne.

Nun hatte dieser Drache, wenn er nicht gerade versuchte, einen zufällig Vorbeikommenden zu verspeisen, die Unart, sein Feuer überall hinzuspucken, wie jemand, der das gleiche mit seinem Speichel tat, weil er davon zu viel im eigenen Maul hat.

An dieser Stelle machte Uhlenspiegel eine Pause. Er hieß die Anwesenden, sich für einige Augenblicke in Geduld zu üben, gleich würden sie den Grund erfahren.

Uhlenspiegel war keine fünf Minuten entschwunden, als erste Lichtscheine aus dem Rathaus herüberflackerten. Bald war lauterwerdendes Knistern zu vernehmen und meterhohe

Flammen, die aus bisher nicht vorhandenen Öffnungen in die Höhe schlugen.

Ihr müsst nicht denken, dass Märchen etwas aus der Fantasie sind, rief Uhlenspiegel in den Lärm der Flammen hinein. Sie sind wirklicher, als ihr euch vorstellen könnt, wie jedermann unschwer zu erkennen imstande sei.
Gerade eben habe er jenen siebenköpfigen Drachen gesehen, der sein Feuer in das Rathaus gespien habe, gerade so, als habe sich einer von ihnen über einen Ratschluss der Ratsherren geärgert.

Aber seht das gute Ende!, rief Uhlenspiegel, wie es sich für jedes Märchen gehört. Denn all die unsinnigen Verordnungen, überflüssigen Gesetze, aufgebauschten Sünderkarteien, all die unnötigen Formulare, die euch einen Lebtag malträtiert haben, sind ein Raub der Flammen geworden und morgen, morgen beginnt ein freies Leben für euch.

Das waren seine letzten Worte, jedenfalls für eine stattliche nächste Zeitspanne, denn Uhlenspiegel zog es vor, sich aus den Flammenstaub zu machen, die eigene Freiheit zu bewahren, die als solche durch seine unvergleichliche Güte auch am nächsten Tag in Schilda Einzug halten würde.

Der Teufel steckt im Detail...
Sind die Deutschen detailbesessen?

7.

Pferdemobile

*E*s war auf den Tag genau sieben Jahre her, dass ein ziemlich eckiger Kasten auf vier Rädern, ohne dass er an einem Pferd oder Ochsen gebunden war, durch Schilda rollte. Die ersten sechs Jahre dauerte es, sich von dem wundersamen Schrecken zu erholen, dann aber wurde umso heftiger nachgedacht, wie man Ähnliches zustande bringen könnte, schließlich seien auf diese Weise Kühe und Pferde einzusparen und das lästige Aufsammeln der großen braunen Pferdeäpfel nicht weiter vonnöten.

Einer von ihnen, und er zählte deshalb zu den angesehensten Einwohnern des Ortes, hatte es in seinem Leben weit gebracht, genauer gesagt, bis in die übernächste Stadt. Eine hervorragende Leistung, war es doch nur wenigen vergönnt, die Grenzen ihres friedlichen Ortes zu verlassen. Und gefährlich war es ebenso, nur drei von den wenigen hatten den Weg zurück nach Schilda gefunden, die anderen waren von der großen gefährlichen Welt verschluckt worden.

Der Zurückgekehrte hatte ein vergleichbares Gefährt auf seiner Reise nicht zu Gesicht bekommen, wohl aber ein Buch mit einer Abbildung, die einem solchen Vehikel glich. Und er wusste zu berichten von den Worten, die unter dem Bild angebracht waren mit dem bedeutsamen Hinweis, dass ein solches Gefährt mit Kraft von 20 Pferdestärken unterwegs war. Solches erregte die staunenden Gemüter. Ein rollendes Gefährt mit 20 davor gespannten Pferden, das war ihnen noch nie zu Gehör gekommen.

Davor gespannt! Hier öffnete sich abgrundtief das erste, schier unüberwindliche Problem.

Wie konnte sich ein solches Gefährt mit der Kraft von 20 Pferden bewegen, wo doch schlichtweg kein Pferd zu sehen gewesen war?

Zu sehen nicht, umso mehr zu hören und das wiederum bedeutete, dass die 20 Pferde in dem Gefährt versteckt sein mussten. Und das wiederum ließ sich nur durch besondere, nämlich besonders kleine Pferde erklären, denn 20 von ihnen mussten in den vorderen Kasten des Gefährts Platz finden.

Die Bürger von Schilda beschlossen, es der weiten Welt gleichzutun und einen solchen

Wagen auf die Beine, auf 80 Pferdebeine, zu stellen.

Nun brauchte es 20 besondere Pferde, ein solches Unterfangen auszuführen. Dabei kam den Bürgern aus Schilda ihre Beobachtungsgabe zugute, war es doch längst aufgefallen, dass die Klügsten von ihnen auch die klügsten Kinder bekamen. Und wer nicht klug auf die Welt kam und sich durch allerlei Lesen Schlauheit aneignete, durfte ebenso damit rechnen, kluge Geschöpfe seine Nachkommen zu nennen. Was nichts anderes bedeutete als 20 Pferde auszusuchen, die alle erforderlichen Voraussetzungen besaßen oder zumindest ihnen die restlichen anzutrainieren, damit man in der nächsten Pferdegeneration aus dem Vollen schöpfen konnte. Das wichtigste war die Größe, die kleine Größe, 20 von ihnen mussten in den kleinen Kasten Platz finden. Zu diesem Zweck wurden 20 Ställe gebaut, jeden Tag neue, jeden Tag ein bisschen kleiner, um die ausgesuchten Tiere dort einzusperren. Der letzte Stall würde nicht größer als ein Schuhkarton sein, man würde es schon zuwege bringen, die zu groß geratenen Kreaturen auf die erforderliche Größe zu stutzen.

In der Zeit, wo sie nicht eingesperrt waren, mussten sie lernen, sich im vollkommenen Gleichklang zu bewegen und Töne von sich zu geben, die dem rollenden Gefährt ähnlich waren, soweit man die Geräusche noch in Erinnerung hatte. Ebenso durfte keines von ihnen mehr Pferdeäpfel von sich geben. Hierin war sich der weitgereiste Bürger mit den anderen Vertretern der Stadt einig, sich nicht erinnern zu können, dass dieses rollende Gefährt hinten braune Klumpen fallen ließ. Gewiss mochte es auf eine andere Weise stinken, aber eben nicht durch Pferdeäpfel.

Der Doktor des Städtchens wurde gefragt, wie dies zu erreichen sei und er empfahl eine besondere Ernährung, die sich bis auf den Dampf, der vorne und hinten aus den Tieren entwich, vollständig in ihren Inneren auflöste. Worauf ein Dampf-Diätplan aufgestellt wurde mit Erbsen, Bohnen und anderen Hülsenfrüchten, der penibelst einzuhalten war. Zur Sicherheit schlug man um den hinteren Teil der Tiere ein feines Netz, das nur Dampf, keineswegs aber grobe Bestandteile geschweige denn große braune Klumpen, hinausließ.

Es ist nicht berichtet, ob jemals wieder ein rollendes, stinkendes Gefährt auf vier Rädern durch diesen seltsamen Ort fuhr. Auch blieb es den Bürgern von Schilda erspart, jemals das Fauchen eines schwarzen Ungeheuers auf der Schiene oder den fliegenden Glasvogel in der Luft ansichtig zu werden, um sich den Kopf zu zerbrechen, wie solche Gebilde nachzubauen seien.

Bald legten sich ihre Gedanken an das rollende viereckige Gefährt, doch war die Zeit gehörig zurückgedreht worden. Es gab wohl keine Pferde mehr, die groß genug waren, sich darauf zu setzen oder sie vor eine Kutsche und beladene Heuwagen zu spannen. Und deshalb betrachteten es die Bürger aus Schilda als persönliche Ehre, sich von Zeit zu Zeit selbst vor solche Gefährte einzuzügeln und unter der Nachbildung wilder Huftritte und wiehernden Gebrülls durch ihren dann nicht mehr gar so beschaulichen Ort zu stampfen.

Die Zeit
Heilt
Alle Wunden.
Nur die Narben
Will keiner haben.

8.

Der Windfang an Schilda

In Schilda war die Zeit längst überkommen, alle Arbeit mit bloßer Muskelkraft zu verrichten. Die Mühlen des Ortes wurden mit der Kraft des Windes angetrieben, eine sogar durch einen Bach, der dazu umgelenkt worden war. Woher diese Erfindung nach Schilda getragen wurde, ließ sich nicht mehr sagen, vielleicht sogar vom Wind selbst, gab es doch kein Plätzchen auf dem Globus, wo er nicht wehte. Hierin lag auch das Problem.

Es gab doch einen Ort, wo der Wind nicht wehte, ebenda in Schilda hatte er sich seit Wochen nicht mehr sehen lassen. Deshalb wurde eine kleine Truppe besonders mutiger Männer zusammengestellt, die nähere Umgebung nach dem verschwundenen Wind abzusuchen. Auch wurden sie mit verschiedenen Waffen ausgerüstet, falls sie auf eine unbekannte Macht stießen, die den Wind gefangen hielt. Ebenso für diesen Fall trugen sie ein großes Leinentuch mit sich, falls der Wind in einem entkräfteten

Zustand war und nach der Befreiung getragen werden musste.

Nach einigen Tagen kehrten die Männer zurück, müde, abgekämpft, jedoch ohne Wind. Man habe alle erdenklichen Strapazen erlebt, gegen Mächte zu kämpfen gehabt, die da draußen in der Welt tobten und von denen niemand in Schilda eine Ahnung habe. Erfolgreich gekämpft, denn davon zeuge ihre lebende Rückkehr, aber leider ohne den Wind.

Über den Verschwundenen war inzwischen eine Menge Staub aufgewirbelt worden, mehr als es der Wind selbst jemals geschafft hatte. Nun ging zu allem Unglück langsam das Mehl zur Neige, auch da sich die Mühlen nicht mehr drehten und der Bach, da er seit Jahren in der Wassermühle nicht mehr benötigt wurde, hatte aus Verärgerung über seine Entlassung seinen Lauf geändert und überschwemmte zum Verdruss aller von Zeit zu Zeit den kleinen Ort. Doch anders als sein weitentfernter Verwandter, der Nil, der bei selbigem Tun gleich fruchtbaren Dünger für die Felder vorbeibrachte, entlud der kleine Bach bei seinen Überschwemmungen übelriechenden Morast, der sich noch jahrelang in den entlegensten Kellerritzen

versteckt hielt und genüsslich vor sich hin-
müffelte, auf Besuch durch die nächste
Überflutung wartend.

Es musste gehandelt werden. Schnellstens. Man
vermutete, dass der Wind heimlich nachts durch
das Dorf schlich und beschloss deshalb, eine
Falle zu bauen, um ihn über dieses seltsame
Verhalten zur Rede zu stellen. Dazu wurden
zwischen allen Schornsteinen und Dachfirsten
Seile, Netze und Schnüre gespannt, in denen sich
der nächtliche Herumschleicher verfangen
würde. Damit man aber den Erfolg sofort erfuhr,
wurden die Enden der Seile um die Glocken
gebunden, die an den Hälsen der Kühe gingen.
Den Vierbeinern wurde unter Strafe untersagt,
sich nachts zu bewegen, sodass das Läuten der
Kuhglocken ein untrügliches Zeichen sein würde,
wenn man den Wind gefangen hatte.
Lange blieb es ruhig, bis plötzlich ein heftiger
Tumult ausbrach. Da aber keine der Kuhglocken
läutete, fand man sich nicht bemüßigt, der
Ursache nachzuforschen. Umso erstaunter
waren die Bürger aus Schilda, als sie am nächsten
Morgen sahen, dass alle Kühe reglos in der Luft
hingen, an Dächern, Schornsteinen, zwischen den

Häusern und mit weit aufgerissenen leblosen Augen auf die Glocken an ihrem Hals starrten.

Der Wind hatte ihnen einen schrecklichen Streich gespielt. Nun fehlte ihnen nicht nur das Mehl, sondern auch die Milch. Dennoch beschloss man, den Kampf tapfer fortzusetzen.

Zuvor wurde jedoch aus lauter Verzweiflung versucht, die Mühlen mit eigener Kraft anzutreiben, der Hunger war zu arg, endlich musste wieder Getreide gemahlen werden. Jeder Bürger von Schilda, groß und klein, stellte sich in eine gebogene Reihe, aufgebaut vor den Mühlen der Stadt, und blies aus Leibeskräften. Die wenigen Kühe, die die unsägliche Nacht draußen nicht miterlebt und die Katastrophe im Stall verschlafen hatten, wurden verkehrt herum in die Reihe aufgestellt, von Zeit zu Zeit das Bemühen zu unterstützen.

Es half alles nichts, keinen Zentimeter rührten sich die Flügel und in die Bürger von Schilda kroch ehrfurchtsvolles Erstaunen, welche Kraft im Wind stecken musste. Man konnte ihn nur mit List und Tücke überwinden, die Kraft stand auf seiner Seite.

Wieder einmal kam der Stadt zugute, ihren Klügsten zum Bürgermeister gewählt zu haben.

Der Wind ist da und er ist nicht da, begann er seine Rede. Jedenfalls ist er nachts da, ohne dass wir es merken. Fliegt an unseren Mühlen vorbei, ohne sie zu drehen. Stattdessen hängt er unsere Kühe an Seile und lässt sie an den Dächern baumeln. Wir werden eine große Mauer um Schilda bauen. An einem Ende ein Tor, um einzutreten, am anderen Ende, wieder herauszukommen. Nun müssen sich nur zwei starke Männer nachts auf dem Ausgangstor verstecken, und, wenn der Wind sich wieder davonschleichen will, ihn einfach einfangen, in dem sie ein großes Tuch herabwerfen.

Einige unbedeutsame Probleme bzw. Fragen waren noch zu klären:

Warum man den Wind nicht gleich am Eingangstor fing?

Da habe er noch zu viel Kraft, kam die Antwort des Bürgermeisters. Er solle sich erst einmal tüchtig in Schilda austoben, umso leichter, ihn zu fangen.

Ob es der richtige Wind sei? Ein Nachtwind würde nur nachts arbeiten, was nichts anderes bedeutete, als dass die Müller und Bäcker künftig nachts schaffen müssten.

Dieses Opfer sei gegebenenfalls zu ertragen.

Und wie denn der Wind wisse, welches das Eingangstor und welches das Ausgangstor sei? Damit man die Männer auf das richtige Tor postierte.

Dazu seien Schilda mit entsprechender Kennzeichnung anzubringen. Sie würden dem Namen ihres Ortes gleich Ehre machen, schließlich befände man sich eben in Schilda.

Wer heute nach Schilda reist und die Stadt wieder verlässt, wird auf dem Stadttor zwei zu Stein gewordene Männer gewahr, ein großes Tuch in der Hand haltend und noch immer auf den nächtlichen Eindringling wartend. Sie sind nicht des Hungers, sondern des Wartens gestorben und gemahnen als steingewordenes Denkmal, dass kein nächtlicher Eindringling heimlich die Stadt verlassen kann, jedenfalls aufgemauert in der Theorie, denn wie sollen zwei zu Stein gewordene Figuren finstere Gestalten hindern, nachts den seltsamen Ort zu verlassen.

Der Weg zur Hölle ist mit guten
Vorsätzen gepflastert.
Weil das Geld auf der Straße liegt!?

9.
Mist bleibt Mist, so ein Mist!

*E*s war ein großer Tag für Schilda. Jeder der sich um das beschauliche Städtchen verdient gemacht hatte, wurde geehrt, öffentlich, auf dem festlich hergerichteten Marktplatz, in dem ihm eine eigens für ihn geprägte Münze verliehen wurde. Das Geschehen nahm seinen unvorhergesehenen Lauf, als dem Bürgermeister eine Ehrenmünze aus der Hand fiel, gerade in dem Moment, als der sensibelste Bewohner des Ortes geehrt werden sollte.

Worin sein Verdienst bestand, lässt sich nicht mehr sagen. Auch bestand das Unglück nicht darin, dass die Münze herabfiel, sondern wohin sie fiel. Der zu Ehrende beharrte nämlich auf die Feststellung, dass gerade eben noch eine Fliege dort gesessen habe, wo jetzt die Münze liegt, und zwar auffällig lange, was nichts anderes bedeuten konnte, dass sie an diesem Ort ihr Geschäft verrichtet habe, dass selbiges jetzt an der Münze klebte und er nicht gewillt sei, sich einen derart verzierten Orden umbinden zu lassen.

Auch ließ er sich nicht dazu bewegen, die Münze anzufassen, unter die Lupe seines scharfen Blickes zu nehmen und somit seine kühne Behauptung zu beweisen. Stattdessen gelang es ihm, den Bürgermeister zu überreden, sich die Münze selbst unter die Nase zu halten. Und tatsächlich, sie verströmte einen seltsamen Duft, der tausendfach potenziert einer Kloake entsprechen konnte. Das allein war ausreichend, selbst im Nachhinein die Ehrung des Betreffenden zu begründen, wegen seiner exakten Beobachtungsgabe und noch penibleren Schlussfolgerungen.

Der Bürgermeister war noch in Gedanken versunken, wie dieser Situation Herr zu werden sei, da prasselte ein wahrer Geldregen auf ihn herab, in kurzer Zeit dachte er, unter einem Berg aus Talern zu versinken. Niemand war plötzlich sicher, dass das eigene Geld auf gleiche Weise besudelt war, jeder wollte so schnell wie möglich sein Geld loswerden, wohl gemerkt, das Geld und nicht den Bürgermeister. Es entsprang mehr dem Zufall, dass der Geldregen, von Geldsegen zu sprechen verbietet sich aus besagtem Grund, in Richtung des Stadtoberhauptes fiel.

Auch erübrigt es sich darauf hinzuweisen, dass für eine gewisse Zeit kein Dieb mehr zu bewegen war, seiner Arbeit nachzugehen, denn dazu hätte er das Geld anfassen müssen, was selbst einem Dieb nicht zuzumuten war. Somit hatten die Bürger aus Schilda herausgefunden, dass Geld stinkt und so nebenbei auch gleich die Ursache für dieses Übel.

Das Problem war damit jedoch nicht gelöst. Alles Geld befand sich in staatlicher Gewalt in Form eines Haufens über dem Bürgermeister und da niemand mehr Geld besitzen wollte, solange besagter Umstand nicht behoben war, drohte das öffentliche Leben zusammenzubrechen.

Eine Versammlung der klügsten Köpfe wurde einberufen, das Problem zu lösen.

Das einfachste sei, so erklärte eine Frau, die Münzen ordentlich zu schrubben. Es gäbe genügend Bürsten, die Zahnbürsten zunächst ausgenommen, und danach könne sie jedermann wieder getrost anfassen.

Der Umstand wollte es, dass auch der penibelste und aus bekannten Gründen noch nicht geehrte Bürger dieser Ratsversammlung angehörte.

Man müsse sich nur, war sein Einwurf, die Größe des Fliegendrecks und den Abstand der

Bürstenhaare vor Augen halten. Es würde nicht ausreichen, tausendmal über die Münze zu streichen, in der Hoffnung, zufällig den Fliegendreck erwischt und fortgebürstet zu haben. Außerdem fordere er eine Lösung, die gleichzeitig allen Fliegen den Garaus macht, damit ähnliche Vorkommnisse zukünftig nicht zu befürchten sind.

Zwischen beiden, der Frau und dem peniblen Bürger, entstand ein heftiger Streit, der erst durch die Wortmeldung des früheren Dorf-polizisten beigelegt wurde.

Gewiss müsse man an die Zeit danach denken, was nichts anderes bedeutete, wie man später die Münzen den ursprünglichen Besitzern zurückgab. Mit dem Bürsten würden alle Spuren, Fingerabdrücke, persönliche Haut- und Schweiß-reste und dergleichen vernichtet und somit eine spätere Zuordnung unmöglich.

Das leuchtete jedem ein. Zwar wollte derzeit niemand etwas mit dem Geld zu tun haben, innerlich brannte es aber in den meisten von ihnen, möglichst schnell ihr dann hoffentlich porentief gesäubertes und nicht mehr stinken-des Geld in der Hand zu halten.

Nun wisse er, fuhr der alte Polizist fort, dass ein Gift mit einem Gegengift zu behandeln sei. Ob dort das Gegengift von Fliegenmist sei, wisse er nicht zu sagen, er könne sich aber gut vorstellen, dass jedes Geldstück bald in vollkommener Reinheit erstrahlte, legte man es eine angemessene Zeit in die Blüte einer Blume. Diese seien ein Inbegriff an Reinheit und so nebenher würde das Geld nicht nur nicht mehr stinken, sondern nach Rosen, Hyazinthen und allem Möglichen duften. Man könne sogar einen bestimmten Duft für gewisse Kreise vorsehen, so dass man künftig das Geld nicht länger an seiner Größe und den überflüssig darauf gemalten Zahlen, sondern einfach an den verschiedenen Düften erkennen konnte.

Dieser Vorschlag wurde sogleich angenommen. Nun brauchte es nur noch Mutige, die bereit waren, die mit Fliegenmist verunstalteten Münzen anzufassen und bald darauf waren alle Münzen in die verschiedenen Blüten der Blumen gelegt. Kaum war dies geschehen, schlossen sich die Blüten fester als ein Schließfach und waren leider auch nicht mehr zu bewegen, sich zu öffnen.

Fortan hatten die Bürger aus Schilda zwar weiterhin Geld, aber sie kamen nicht mehr heran, wie es im Leben eben so geht. Außerdem waren die Blumen nicht mehr anmutig anzusehen, da sie verkrampft ihre Blüten verschlossen hielten, den kostbaren Schatz nicht wieder herauszugeben.

Der ehrenwerte Bürger, dessen wohlverdiente Ehrung wegen seiner peniblen Genauigkeit an einem winzigen Fleck Fliegenmist gescheitert war, war dennoch zufrieden, musste er wegen der verpassten Ehrung doch nicht ein Leben lang unnötiges Gewicht herumschleppen, dass man ihn um den Hals hängen wollte, wo doch der Hals dazu bestimmt war, den Kopf durch die Gegend zu tragen und keine Ketten, Perlen, Silbermünzen und anderes Zeugs.

Ein leerer Bauch studiert nicht gern.
Ein voller Bauch sieht gerne Fern.

10.

Seltsame unselige Verkettung

Als dem Uhlenspiegel wieder einmal die Decke auf den Kopf zu stürzen drohte, und er wohnte damals in einem kathedralenartigen, alten verfallenen Schloss mit sehr hohen Decken, entschied er, sich ein weiteres Mal auf den Weg nach Schilda zu begeben. Wichtige Änderungen galt es zu besprechen und einzuführen, eine kleine Flut an Geistesblitzen war vergangene Nacht durch sein Gehirn gejagt, nun sollten die Bürger von Schilda von seinen Leiden nutzen haben, denn Leiden bedeutet es zweifellos, wenn ein Blitz, und sei es nur ein geistiger, durch ein weiches Gebilde wie dem menschlichen Hirn fuhr und seltsame Spuren hinterließ.

Die Fahrt verbrachte er in angenehmer Stimmung, zwei Tage später erreichte er den beschaulichen Ort. Als die Bürger von Schilda ihn von weitem sahen, versammelten sie sich wie brave Kinder – oder sollte man besser von Lämmern reden, waren sie doch bereits gewohnt, dass Uhlenspiegel sie auf dem Markt zusammen- kommen hieß, da er wieder einmal erschienen sei, ihnen Wichtiges mitzuteilen.

Ihr Bürger von Schilda, hob Uhlenspiegel an, ihr seid von einem Ende der Messlatte aus betrachtet die verständigsten Leute, denen ich begegnet bin.

Dabei ließ er jedoch offen, von welcher Seite die Messlatte des Betrachters aufgestellt wurde.

Welch ein jammervolles Leben aber führt ihr, da ihr euch selbst einsperrt. Als ob ihr gefährliche Raubtiere seid, sperrt ihr euch in eure Häuser, verriegelt Türen und Fenster, um nachts, wenn ihr nicht selbst wachen könnt, ruhig zu schlafen.

Warum diese Selbstkasteiung!?, rief Uhlenspiegel, mit welchem Recht sperrt ihr euch und dazu noch eure Frauen, Kinder, Hunde, Katzen, Flöhe und was sonst in euren Häusern kreucht und fleucht, ein?

Die Räuber, antworteten einige zaghaft, sich langsam ihrer Schuld bewusst werdend. Wir schließen uns nicht ein, wir schließen die Räuber aus.

Wie um alles soll der Geist der großen Welt in und durch eure Hütten wehen, wenn ihr sie verriegelt, ließ Uhlenspiegel nicht locker. Mit den Räubern habt ihr recht. Und diesem Übel gilt es abzuhelfen, eben mit demselben Übel.

Die Bürger von Schilda verstanden nicht, so das Uhlenspiegel weiter ausholen musste:

Denkt an die Tiere in eurem Wald, fuhr Uhlenspiegel vor. Jedes hat sein Revier, der Bär, der Wolf, der Luchs, wo einer ist, traut sich kein zweiter hin. Und leben die Räuber nicht auch im Wald. Nun also. Gibt es erst einmal einen Räuber im Wald, den ihr kennt, traut sich kein anderer mehr hinein, den ihr nicht kennt und von dem ihr nicht wisst, was ihr zu erwarten habt. Ich aber werde meine Dienste zur Verfügung stellen, Räuber in eurem Wald zu werden, damit ihr vor den anderen sicher seid.

Das leuchtete ein. Was sie von Uhlenspiegel zu erwarten hatten, konnten sie sich ausrechnen, es war nicht wenig, immer noch besser als nicht zu wissen, was auf einen zukommt.

Eine Woche verging, Uhlenspiegel hauste als Räuber von Schilda und alle Bürger wähnten sich in Sicherheit. Einer nach dem andern ließ am Tage oder gar nachts die Türe offenstehen und genoss die gewonnene Freiheit, den Hauch der weiten Welt, der durch die offenen Türen in die Häuser und ihre Köpfe wehte. Uhlenspiegel hatte sich von dem ganzen mehr Abwechslung versprochen. Da kam es gerade recht, dass er von früher einen seltsamen Gesellen kannte. Diesen beauftragte er, in der kommenden Nacht als Räuber in Schilda ein lautes Brimborium zu veranstalten.

Ebenso geschah es!

Anderntags waren die Bürger von Schilda entsetzt, hatte sich in der Nacht ein fremder Spitzbube in ihr Revier gewagt, wo es doch bereits von Uhlenspiegel besetzt war.

Dieser stellte sich arglos.

Nachdem er eine Weile nachgedacht hatte, sagte er:

Es kann nichts anderes bedeuten, als dass mein Ruf nicht schrecklich genug ist. Kein anderer Räuber fürchtet mich, selbst der geringste Halunke wildert in meinem und eurem Revier.

Dabei fing er beinahe zu heulen an, dass allen ein großes Mitleid überkam.

Ich muss mir ein gewaltiges räuberisches Ansehen verschaffen und ihr müsst mir dabei helfen, schlug Uhlenspiegel mit tränenerstickter Stimme vor.

Auch dies leuchtete ein, wie überhaupt alle Vorschläge Uhlenspiegels einleuchteten und dennoch nicht selten in Katastrophen mündeten.

Der Bürgermeister erließ ein Gesetz, dass es Uhlenspiegel erlaubte, wenn immer es beliebte, einen Bürger von Schilda zu überfallen, auszurauben und, falls erforderlich, dabei gehörig zu verprügeln. Dadurch würde dem Uhlenspiegel ein schrecklicher Ruf entstehen und nicht einmal der gefährlichste Räuber der Welt würde sich jemals wieder nach Schilda wagen.

Uhlenspiegel machte von dem Gesetz reichlich Gebrauch. Hinter den Bäumen versteckt lauerte er den Bürgern von Schilda auf und verdrosch sie aus Leibeskräften mit seinem Holzknüppel. War ihm danach, tauchte er am helllichten Tage auf dem Marktplatz auf und zerstampfte wutentbrannt nicht wenige der feilgebotenen Waren. Nachts lief er wie einer, der seinen Sonntagmorgenspaziergang macht, in die Häuser, plünderte die Vorratskammern, Schmuck aus den Schubläden, Goldtaler aus den Sparstrümpfen und riss, sonderlich den Frauen, die Bettdecke fort, dass sie frierend den Rest der Nacht verbringen mussten.

Nach einer Woche stellte Uhlenspiegel fest, dass das Räuberhandwerk wahrlich eine anstrengende Arbeit war. Während die anderen schliefen, musste er seiner Räuberarbeit nachgehen und sich der schweißtreibenden Mühe unterziehen, all die schweren Kostbarkeiten fortzuschleppen. Auch gab es bald keinen Bürger von Schilda mehr, dem nicht wenigstens ein Knochen lädiert oder die Haut in eine blaumarmorierte Landschaft verwandelt worden war.

Damit sich jeder ein Bild von seiner Mühe verschaffen konnte, erlaubte er den Bürgern von Schilda, ihm gleich zu tun und sich in der kommenden Nacht zu berauben. Viel kam nicht zusammen, Uhlenspiegel hatte das meiste schon fortgeschleppt. Das wenige aber, dass sich die Bürger in jener letzten unseligen Nacht gegenseitig entrissen, mussten sie in einer langen nächtlichen Kolonne dem Uhlenspiegel nach Hause tragen.

So endete das räuberische Dasein Uhlenspiegels. Die Bürger von Schilda jedoch hatten sich die Freiheit erkauft, ihre Häuser offenstehen zu lassen, tags und nachts. Für die nächsten Jahre wagte sich kein Räuber in ihren Ort.

Aus Angst vor dem schrecklichen Ruf ihres Revierräubers, dachten die ehrenwerten Bürger von Schilda. Der Grund war jedoch ein anderer. Es hatte sich schlichtweg im Räubergewerbe herumgesprochen, dass es in Schilda nichts mehr zu holen gab. Uhlenspiegel hatte vortreffliche Arbeit geleistet.

Dieser saß noch ein paar Tage in seinem zusammengeraubten Schlaraffenland anstatt im Wald von Schilda seinen Dienst zu tun und dachte darüber nach, in wenigen Tagen als Quacksalber nach Schilda zurückzukehren. Es gab genügend Knochenbrüche zu richten und Blessuren zu heilen, genug, um den Bürgern den kläglichen Rest des Nichts, der ihnen geblieben war, zu rauben. Es würde ein Raub sein, wusste doch die Natur am besten, wie Blessuren zu heilen waren und bedurfte dazu keines Quacksalbers, schon gar nicht, wenn er Uhlenspiegel hieß.

Geld stinkt nicht...
Dank der Geldwäscherei
Ist das Geld dreckfrei.

11.

Scheinmalerei

Als Uhlenspiegel das nächste Mal in Schilda einkehrte, trug er auf geheimnisvolle Weise ein längliches, in graues Leinen eingewickeltes Gebilde unter seinem Arm. Es war eine Zeit, da die Menschen intensiv miteinander kommunizierten, obwohl sie keines der heute nicht mehr wegzudenkenden Kommunikationsmittel ihr Eigen nennen konnten. Entgegen seiner üblichen Gewohnheit machte Uhlenspiegel aus der Angelegenheit unter seinem Arm ein großes Geheimnis, indem er auf die üblichen redseligen Kommunikationen verzichtete und schlichtweg schwieg. Angelockt von der Geheimniskrämerei folgten ihm bald die Bürger von Schilda, wie dereinst die Kinder dem Rattenfänger von Hameln gefolgt waren

Was glotzt ihr mich an?, drehte sich Uhlenspiegel zu der Schlange hinter ihm.

Ich weiß selbst, dass ich im Begriff bin, alt und runzelig zu werden. Wäre ich eine Frau, würde mich das Leben wohl mit seinen schalkhaften Launen in eine Hexe verwandeln. So aber werde ich gewiss einmal als ein verhutzeltes Rumpelstilzchen enden.

Dabei sah er finster in die Runde, als gelte es jeden einzelnen herumstehenden Bürger von Schilda in ein steinernes Ungeheuer zu verzaubern. Als er jedoch merkte, dass die Bürger von Schilda bereits am Haken der Neugierde hingen, hellte sich sein Gesicht auf und er drehte die Innenseite des Tuches den anderen zu. Zum Vorschein kam das Bild von einem jugendlichen heldenhaften Uhlenspiegel, als habe er sein Lebtag nur Obst und Gemüse gefressen, den lieben langen Tag verschlafen und die restliche Zeit der Pflege seiner äußeren Erscheinung gewidmet.

Ich werde alt, sagte Uhlenspiegel, das Vergessen ergreift von mir Besitz, dass ich mich bald selbst nicht mehr an die Blüte meines Lebens erinnere. Dem ist abzuhelfen, indem ich immer gleich der Blüte meines Lebens aussehe. Was sich nicht ändert, kann einer nicht vergessen. Also ist Sorge zu tragen, dass die Blüte nicht welkt. Deshalb dieses wundersame Tuch. Es ist breit und lang wie ein Seidenlaken und tief wie ein Gipsabdruck. Ich habe es im fernen Orient erworben, wo alle Menschen verdeckt in diesen Tüchern herumlaufen. Dieses Tuch drückt sich auf euren elenden alten Körper und presst ihn, ob das Alter es will oder nicht, sein jugendliches Aussehen auf. Es kann von euch jedoch niemand erwarten, in diesen Tüchern herumzulaufen. Dafür ist es in eurem beschaulichen Ort nicht heiß genug, nicht so, wie im fernen Orient.

Habt der Sorgen keine. Legt dieses Tuch einfach des Nachts auf euch. Mit der Zeit wird eurem Körper das schöne jugendliche Bild aufgeschmückt. Da es obendrein gleich einem Gipsabdruck Höhe und Tiefe kennt, werden die elenden Falten gleich mit dazu weggedrückt. Und presst ihr es nur fest genug an euch, wird nicht nur eure Hülle glatt und glänzend wie früher, nein auch eure verrunzelten Innereien und knarrenden Gelenke.

Denkt jedoch daran, da ihr aus einem Vorderteil und einem Hinterteil zusammengesetzt seid, euch zur halben Stunde der Nacht zu wenden gleich einem Hähnchen am Spieß.

Wie soll das geschehen?, werdet ihr euch fragen, da ihr schlaft. Wie sollen wir uns wenden?

Rechtzeitig und nicht zu oft! Ich sage euch, aus welchem anderen Grund habt ihr geheiratet. Seht zu, dass der eine die Hälfte der Nacht Wache hält und in dieser Zeit den anderen wendet. Danach macht es in umgekehrter Weise. Alles wird seine rechte Ordnung bekommen. Wie sonst sollte es zudem glücklich zugehen, wenn ihr ewig in eurer jugendlichen Blüte daherschreitet und eure zweite Hälfte welkt als Rumpel-stilzchen oder Hexe dem Ende entgegen.

Die Rede verfehlte nicht ihre Wirkung. Da Uhlenspiegel zudem in der Malerei ein wenig begabt war, hatte er bald auf eine stattliche Anzahl Tüchern die Bürger von Schilda verewigt. Bei der Gelegenheit wurden auch alle seltsamen Launen der Natur als da waren große, gurkenförmige Nasen, eselhafte Ohren, dreifach gewundene Kinnbacken und dergleichen mehr in die rechte Ordnung gebracht. Solches war ebenso kein Problem für die wundersamen Tücher.

Diese meisterhafte Kunst hatte ihren angemes-senen Preis. Ein jedes kostete dreiviertel Teile des Vermögens vom Käufer. So verlangte Uhlen-spiegel von allem gleich viel im Verhältnis von ihrem Ersparten und hielt es seiner Gerechtigkeit zugute. Dies erklärte er jedenfalls den Armen.

Den Reichen aber erklärte er, dass er bei ihnen für einen unendlich größeren Aufwand an Geschick und Zeit für die Anfertigung ihres vollkommenen Bildes zugebracht habe.

Schließlich seien Sie gewiss edlerer Natur als das gemeine Gesinde und verdienten ein angemesseneres Äußeres, das sie sichtbar von dem der Anderen abhob.

Nach kurzer Zeit war jeder Bürger von Schilda mit diesem Tuch ausgestattet. Wie es seitdem in den Nächten zuging, ließ sich unschwer vorstellen, denn bald darauf schien es, als habe Gevatter Storch beschlossen, keine neuen Kinder mehr nach Schilda zu tragen. Es konnte von nichts anderem herrühren, als dass niemand auch nur eine Sekunde der wertvollen Nachtzeit opfern wollte, das Tuch abzulegen, umso Gevatter Storch zur Seite zu stehen, ging doch die Zeit dem Tuch verloren, seine Arbeit zur trefflichen Vervollkommnung zu verrichten.

Nachdem ein jeder versorgt war hieß es für Uhlenspiegel, seine Geschäftigkeit auf andere Felder auszuweiten. Und er weitete sie tatsächlich auf Felder aus. Bald standen die Kühe in wundersame blaue und lila Tücher gehüllt auf der Wiese, an deren unteren Rändern Euter von einer Größe aufgemalt waren, wie sie niemand bisher gesehen hatte.

Selbst einige Bäume und Rosenstöcke wurden in goldglänzende Tücher gehüllt. Und zuletzt erfasste die Tuchmodewelle die nur noch spärlich von Gevatter Storch gebrachten Kinder, sie wurden in Tücher gewickelt, deren Konterfei das Bild der Nofretete oder eines heldenhaften griechischen Gottes schmückte.

Nachdem der Besitz der Bürger von Schilda so weit eingesammelt war und sich zudem der Erfolg auf den erwartungsfrohen Gesichtern noch nicht einstellen wollte, hielt es Uhlenspiegel für ratsam, sich für eine wohlverdiente Weile zurückzuziehen. Vorher galt es noch, die Bürger von Schilda für die nächste Zeit zu beschäftigen. Eine emsige Beschäftigung mochte sie mit der Zeit von dem unseligen Unterfangen ablenken, es sie vergessen machen.

Bürger von Schilda,

begann Uhlenspiegel seine letzte Rede auf dem Marktplatz. Der Erfolg will sich noch nicht recht einstellen. Viel habe ich mir deshalb den Kopf zerbrochen. Und eben hier liegt die Wurzel allen Übels - in euren Köpfen. Euer Geist ist noch mit zu viel nutzlosen Verrichtungen beschäftigt, als dass euer Leib genügend Muse haben könnte, das schöne Bild auf den Tüchern anzunehmen. Ihr müsst euren Geist entlasten. Seht euch um auf diesem Marktplatz. Hier steht das Rathaus, hier das Wirtshaus, hier das Haus des Schneiders, hier das Schusterhaus. Warum soll sich ein jeder von euch alle diese verschiedenen Dinge merken. Jeder von euch behalte nur noch eine Sache in seinem Kopf. Steht er dann gleich einem Ochsen vor dem Scheunentor vor einem ihm fremden Gebäude, fragt er einfach den Betreffenden, der darüber Bescheid weiß.

Die Bürger von Schilda verstanden ihn nicht und Uhlenspiegel sah sich bemüßigt, deutlicher zu werden.

Nehmt das Einmaleins, warum wollt ihr eure Köpfe mit alldem zustopfen. Der eine merkt sich, wieviel eins und eins ist. Der zweite, wieviel eins und zwei ist. Der dritte wiederum lehrt seinen Kopf das Ergebnis, tut man die eins mit der drei zusammen. Wenn nun der erste, der nur weiß, wieviel eins und eins ist, wissen muss, wieviel eins und zwei ist, dann geht er einfach zu seinem Nachbarn und fragt ihn.

Nun könnte es passieren, dass sein Nachbar sich gerade eine andere Sache gemerkt hat. Wo seht ihr das Problem? Geht einfach zum nächsten Nachbarn und so fort bis ihr den gefunden habt, der sich gemerkt hat, wieviel eins und zwei ist. Auf wieviel herrliche Gespräche könnt ihr dann zurückblicken, bis ihr des Ergebnisses teilhaftig werdet.

So verfahrt ihr mit allen Dingen, mit den Namen eurer Kinder ebenso wie den Namen der Bäume und Tiere. Bald wird euer Kopf herrlich frei sein und eure leibliche Hülle genügend Muse finden, sich die jugendliche Maskerade auf euren Tüchern anzunehmen, dass bald nur noch junge Helden durch euren beschaulichen Ort schweben werden.

Wie das ganze ausging, ist nicht überliefert. Nur, dass Gevatter Storch nach einiger Zeit wieder anfing, neue Kinder nach Schilda zu bringen. Wie sonst sollte es sonst zugehen, dass die Bürger von Schilda noch heute auf der Erde zu finden sind und nicht eben an wenigen Orten.

Gemeinnutz geht vor Eigennutz.
Doch für beides haut man auf den
Putz.

12.

Einmalig(e) verkehrte Weihnachtswelt

*E*s begab sich, dass die Weihnacht sich wieder anschickte, das Land der Schildbürger heimzusuchen.

Die letzten Jahre waren kärglich gewesen, gezeichnet von Not und Sorgen, verdorrten Feldern, ausgemergelten Rindviechern. Und das Weihnachten ein Spiegelbild dieser kargen Zeit. So beschloss Uhlenspiegel, dem ganzen Elend höchstpersönlich ein Ende zu bereiten.

Man muss die Zeit auf den Kopf stellen, dachte er, dann stellt sich gleichsam alles auf den Kopf und die Not würde sich zu einem wundersamen Ton (Ton-> <-Not) wandeln, das „o" dürfe in der Mitte bleiben, könne gar sich selbst auf den Kopf stellen, ohne sein eiförmiges Aussehen zu ändern, von der Not müsse aber der erste und der letzte Buchstabe auf den Kopf gestellt werden.

Da es noch früh vor der Adventszeit war, schickte es sich nicht, bereits jetzt in das hitzige Kostüm eines Weihnachtsmannes zu schlüpfen. Außerdem sei hier gleich mit dem

Auf-den-Kopf-stellen anzufangen. Uhlenspiegel griff nach einem roten Apfel, dessen Farbe dem des Weihnachtsmannes aufs unglaublichste glich und drehte ihn verkehrt herum, zu sehen, welche Farbe herauskam, - so stellte er das Rot auf den Kopf.

Wundersam schien die Wintersonne durchs Tor des Fensters und der Apfel kleidete sich in eine warme Mischung aus Blau und Grün. Die Farben waren somit entschieden. Der auf dem Kopf gestellte weiße Bart ergab einen spitzen Hut und die auf den Kopf gestellten Stiefel ergaben schlicht und einfach ein Nichts dort, wo die Füße hingehörten. Was nichts anderes zu bedeuten hatte, als dass er als blaugrüner Weihnachts-mann, einen spitzen schwarzen Hut auf dem Kopf, barfuß durch den Schnee stampfen musste. Daran gab es nichts zu rütteln. Wollte einer die Not der anderen lindern, fing die-selbige an, von ihm selbst Besitz zu ergreifen, besonders an den Füßen.

Die Bürger von Schilda staunten nicht wenig, als diese seltsame Erscheinung in ihre Stadt kam. Für Uhlenspiegel hieß es, keine Zeit zu verlieren, gute Werke vertragen keinen Aufschub.

Bürger von Schilda,
hob er an, ihr seht mich an und fragt euch
gewiss, wer mich gesandt hat. Denn so viel ist
klar, wenn ich zu euch komme, muss mich einer
geschickt haben, was sonst (und den folgenden
Teil seiner Rede sprach Uhlenspiegel seltsam
nuschelnd) kann einen feinsinnigen Geist wie
mich bewegen, euer trübsinniges Dorf
aufzusuchen. Gesandt hat mich Knecht Ruprecht
höchst selbst persönlich, gewissermaßen ihm den
Pfad auszulegen und alles für seine Ankunft
herzurichten. Und welch herrliche Ankunft wird
es werden. Vorbei die Abende armselige Not, das
Ungemach, die Sorgen. Alles soll strahlen, in
Gold, Silber und Purpur, die Tische sollen unter
dem Gewicht der köstlichsten Speisen ein-
knicken und die Weihnachtsbäume leuchten, als
hängen an jedem alle Sterne des Himmels.

Wir stellen alles auf den Kopf, fuhr
Uhlenspiegel fort, wir stellen die Not auf den
Kopf. Heraus kommt das herrlichste Fest, das
als ehrwürdige Erinnerung in euren hölzernen
Köpfen eingemeißelt bleibt.

Den letzten Teil sagte er wieder in diesem
seltsam nuschelnden Ton.

Wir werden gleich mit der Adventszeit beginnen. Welch eine Verschwendung an Freude, zunächst nur eine Kerze anzuzünden. Freut sich einer schon an einer Kerze, wieviel mehr an vier. Deshalb entzündet am ersten Advent alle vier Kerzen und freut euch an dem herrlichen Licht. Lasst die Kerzen nur brennen und macht nichts anderes als am nächsten Advent die zweite brennende Kerze noch einmal anzuzünden. Habt ihr jemals das Erlebnis gehabt, eine brennende Kerze ein zweites Mal anzuzünden? Sie wird euch dann mit zwei Flammen leuchten. So fahren wir fort bis zum Schluss eine jede der vier Kerzen in vier Flammen züngelt.

Das leuchtete ein und die Bürger von Schilda liefen in ihre Häuser, die Adventszeit auf den Kopf zu stellen.

Am nächsten Tag hieß Uhlenspiegel die Schildbürger, einen Weihnachtsbaum mit dem Rest ihrer Schätze, den die Not ihnen gelassen hatte, zu schmücken. Auch dies geschah, bald hingen an den Tannenbäumen Perlenketten, alte goldene Ringe, aufgeknüpfte Münzen und derlei mehr.

Uhlenspiegel indes lief zum Bürgermeister, ihm einen weihnachtlichen Dienst anzutragen.

Es ist an der Zeit, begann Uhlenspiegel sein Angebot zu unterbreiten, Schilda herrlich herauszuputzen. Und bedeutet dies nicht zuerst, allen Dreck von der Straße aufzulesen? Ich selbst werde mich dazu bequemen, allen Schmutz aufzuheben. Wie soll ich ihn aber aufheben, wenn er mir nicht gehört? So erlasst zunächst ein Gesetz, dass alles, was auf der Straße liegt, nur mein Besitz ist.

Welch ein seltsamer Geselle, dachte der Bürgermeister, dem es sogar nach dem Dreck auf der Straße gelüstet.

Jedoch hörte sich der Vorschlag wohlfeil an und so erließ der Bürgermeister die erwünschte Verordnung. Die Weihnacht schritt mit gewaltigem Tempo durchs Land und deshalb hieß es, den Weihnachtsbraten zuzubereiten.

Seht eure Hunde an, sagte Uhlenspiegel. Sind sie nicht um ein Vielfaches schneller als eure Beine und können obendrein tausendmal besser all diese herrlichen Gerüche wahrnehmen, die gerade in der Weihnachtszeit umherstreifen. Und ihr unvergleichlicher Mut! Kämpfen die stärksten von ihnen doch gegen Bären und Wölfe, während ihr armseligen Geschöpfe euch mutlos in eure Häuser verkriecht, tauchen diese Bestien auf.

Was meint ihr denn, woher all dies herrührt? Es ist nichts anderes als das Ergebnis ihres Weihnachtsschmauses, dass sie sich an den herrlichen Knochen eures Gänsebratens gütlich tun dürfen. Verfahrt deshalb wie auf dem Kopf stehend verkehrt herum. Schneidet die unnütze würzige Kruste, dass saftige weiche Fleisch heraus und gebt es mir. Ich werde es an eure Hunde verfüttern. Ihr aber sollt euch an den herrlichen Knochen laben, dass euch Duftnasen im Gesicht wachsen, den Gänsebraten nicht nur mit dem Gaumen zu genießen, sondern seine herrlichen Gerüche, die tausendmal wertvoller sind, mit den Augen zu sehen und mit der Nase zu vertilgen.

Auch das leuchtete ein. Allein dachte Uhlenspiegel nicht daran, die armen Hunde am Gänsebraten teilhaben zu lassen und verzehrte in einer Woche nicht weniger als 50 knusprige goldbraune Gänsebrüste.

Jetzt stand der Weihnachtsabend vor der Tür, Zeit für die Bescherung, jedenfalls für eine, die auf dem Kopf stand.

Was sperrt ihr die Weihnachtsbäume in eure kleinen Stuben, zeterte Uhlenspiegel. Sind sie nicht die Freiheit des Waldes, die Luft, den Wind, Frost, Schnee und Eis gewöhnt? Stellt sie draußen vor eure Tür und ich werde morgen durch die Straßen gehen, mit meinen eigenen Augen das Wunder der Weihnacht zu sehen. Was nichts anderes bedeutet, dass wir dieses Mal die Not der vergangenen Jahre auf den Kopf stellen, sie zu einem glanzvollen Fest zu verdrehen.

So geschah es. Die Bürger von Schilda standen vor ihren Häusern, die Weihnachtsbäume an ihrer Seite und Uhlenspiegel marschierte durch die Gassen, als nähme er eine Parade ab. Bei jedem Baum jedoch hielt er kurz inne und ließ seinen Besitzer, ihn auf den Kopf zu stellen.
Vor den verdutzten Augen der Schildbürger sammelte Uhlenspiegel dann all die Kostbarkeiten auf, die von den Bäumen fielen, als breche eine weihnachtliche Sintflut über Schilda herein. Die Schätze lagen auf der Straße und diese gehörten gewissermaßen dem Uhlenspiegel. Aber ist es nicht so, dass einem, der sich gerade zur besinnlichen Weihnacht um die Not seiner Mitbürger verdient macht, ein reicher Lohn

zusteht, der gleichsam von oben herab, aus der himmlischen weihnachtlichen Luft auf ihn herniederfällt wie einst die glitzernden Goldstücke auf das Sterntalermädchen.

La rue, c'est moi!,

rief Uhlenspiegel in einem geschichtlichen Anflug von Wahn und hob unverdrossen den am Boden liegenden Schatz, der gewissermaßen die erste Straßenmaut der Geschichte darstellte, auf und verstaute ihn, in einem zum Weihnachtssack umgedrehten Staatssäckel und in seine ausgebeulten Hosentaschen.

Die Bürger von Schilda, selbst wenn sie dem Tolldreisten seine Kühnheit wehren wollten, waren machtlos. Wie sollten sie ihn hindern, mussten sie doch ihre auf der Spitze stehenden Weihnachtsbäume festhalten, damit diese nicht umfielen. Und ein umgestürzter Weihnachtsbaum galt als das schlimmste Omen, das einen treffen konnte. Statt ihr Schicksal zu beklagen, sollten Sie dem Uhlenspiegel dankbar sein. Er entledigte sie mit einem Schlag all der Sorgen, die das Aussuchen der richtigen Weihnachtsgeschenke mit sich bringt.

Solcherlei Sorgen sind nicht unerheblich, sie stellen die Strapazen eines ganzen Jahres mühelos in ihren Schatten. Die Bürger von Schilda wurden am Ende selbst zum Abbild ihrer Weihnachtsbäume. Während sie reglos an der Seite ihrer kopfstehenden Bäume verharrten, fielen unendlich viele weiße Flocken auf sie herab, wunderschöne Eiskristalle wuchsen an ihnen und in der Nacht hängten sich die goldenen Sterne des Weihnachtshimmels an ihre eingefrorenen Gliedmaßen.

In der Kürze
Liegt die Würze.
Manche Gewürze sind ungeheuer
Teuer.

Ausleitung/Nachleitung/Nachsinn(en)

PS.3 (Pardon, aber aller guten Dinge sind drei, aber lesen Sie besser nicht nach, woher dieser Ausspruch kommt).

Der S(in)n ist gewissermaßen in.

Oder: Im Sinn steckt das „in".

Oder neudeutsch: Es ist in, wenn in einer Sache Sinn steckt. Wir sind in, wenn in uns Sinn steckt. Manche meinen jedoch, sie sind in, wenn in ihnen Unsinn steckt.

Egal. Denn dieses „in" ist vom Sinn geflüchtet, hat sich tückischer Weise überall im Leben (zumindest sprachlich) versteckt, selbst in solch banalen und scheinbar widersinnigen Sätzen wie: Ich gehe gern in die Schule.

Ergibt es Sinn, wenn jemand sagt, er gehe gern in die Schule?

Wird dadurch die Schule gewissermaßen in?

So wird deutlich, zu welchen widersinnigen, und nur zwischen den Zeilen erkennbaren, Verdrehungen es kommen kann, wenn sich nur ein Teil (ein Teilsinn?) vom Sinn (das „in") zwischen normalerweise harmlosen Wörtern (gern, Schule...) versteckt.

PS.4. Im **Sinn** steckt auch das **Inn**. Inn bedeutet im Englischen offensichtlich Herberge oder Pub. In einem Fastfood-Restaurant macht ein Drive-In sicherlich Sinn. In einem Hotel ergibt ein Drive-In keinen Sinn. Denn wer würde zu einem Hotel im Sinne eines Drive-In fahren? Im Zimmer zu übernachten, ohne aus dem Auto auszusteigen? Aber es soll für sehr viel Geld bereits Hotels geben, in denen Sie mit Ihrer Nobelkarosse bis ins Zimmer fahren können. Sozusagen ein Drive-In in einem Drive-Inn. Vielleicht gibt es bald auch Drive-In Hotels, wo Sie in Ihrem Auto und nicht im Zimmer über-nachten. Frühstück und die Dusche werden Ihnen ans Auto gebracht....

PS.5.   Im Sinn steck auch der **Inn**. Ein Fluss. Ergibt dies Sinn? Ein Sinn, der wie ein Fluss fortfließt? Sofort stellt sich die Frage, warum fließt der Sinn (nicht erst im Alter) von uns fort. Findet er hier keine(n) Partner? Sollten wir dem Sinn folgen?...

PS.6.   Mit Hilfe selbst auszufüllen.

Vielleicht denken **Sie** ans „**Si**", das auch im **Sinn** steckt. Si, das Ja, ein JaSinn, ergibt dies Sinn? Ein Sinn, der nur das Ja kennt?

PS.7.   Ohne Hilfe selbst auszufüllen...

PS.8.   Ohne Hilfe auszufüllen ...

PS.9.   Ohne (was?) auszufüllen

PS.10. ...

Ent(d)e gut, alles gut.
Doch man fragt sich unverhohlen,
Warum hat der Fuchs dann die Gans
gestohlen.

Inhaltsverzeichnis

Biographie

Ich wurde in Berlin geboren. Nach dem Abitur in Berlin habe ich Medizin in Berlin und München studiert und war nach meinem Studium ca. 40 Jahre in der Medizin tätig. Seit Ende 2023 bin ich berentet. Während meiner Berufstätigkeit habe ich nebenher eine Reihe von Manuskripten verfasst, ein Jugendbuch, Kinderbücher, Romane und Gedichte.

Einige sind seitdem über einen Self-publishing-Verlag veröffentlicht worden.

Neben einer Reihe anderer Veröffentlichungen hat der Autor auch folgende Gedicht- und Prosabände veröffentlicht:

Uhlenspiegel bei den Schildbürgern
Uhle 1, Uhle 2, Uhle 3

Der Einzelkämpfer Uhlenspiegel, mit der Armee seiner schalkhaften Gedanken bewaffnet, trifft auf ein Dorf voller Schildbürger, die eher weniger oder sagen wir eher mit anderen Gedanken bewaffnet sind.
(Band 1 - 3)

Die Christyllische Weihnacht –
Weihnachten wie immer (und) anders
27 Kurzgeschichten mit je einem Bild, zu jedem Tag vom 1.-26. sowie 31. Dezember; sehr abwechslungsreiche Geschichten von Weihnachten im Kaufhaus, bei den Schildbürgern, in einem neuen Märchen, als Science-Fiction und Weihnachtsgeschichten zur Zeit der Geburt Jesu. So abwechslungsreich, dass für jeden und jedes Alter etwas dabei ist (auch in Englisch erhältlich.

Schwarzbart's kandidelte
Adventsgeschichten
Der alte Seekapitän erzählt fantastische Advents-geschichten voller Fantasie, bereichert durch weihnachtliche Gedichte. Zu lesen wie ein Advents-kalender.

Ein denkwürdiger Adventskalender

Das schönste am Fest war der Adventskalender. Jedes Jahr freute er sich auf diese verkleidete, geheimnisvolle süße Gabe. Draußen die bunten Bilder, die versteckten Türchen, Zahlen, die zwischen Engeln, Krippen und Weihnachtsmännern umherschwirrten. So war es jedes Jahr, aber dann stimmt irgendetwas nicht. Dies erzählt die Geschichte um einen ganz besonderen Adventskalender voller Überraschung.

Die Insel der Figuren

Ein kleines Mädchen in Japan bekommt zum Geburtstag von ihrem Vater eine Puppe geschenkt. Als das Mädchen älter ist, wird die Puppe in einem kleinen Boot auf die Wellen des Meeres gesetzt. Offensichtlich eine Tradition ins Erwachsenenalter.

Einige Zeit später reist ein anderes Mädchen ihrer verschwundenen Puppe hinterher, eine spannende abenteuerliche Reise mit einem ungewöhnlichen überraschenden Ende beginnt. (Fantasieroman)

Der kleine Mugu auf dem Noddelthron

Ein Jungen lebt in dem Land eines Königs. Eines Tages kommt ein Prahlhans in dieses Land. Er besitzt die Fähigkeit, die Gedanken anderer Menschen mit seinen wilden Haaren einzufangen. Der König wollte diese Fähigkeit erlernen und folgte dem Prahlhans. Ausgerechnet der kleine Junge Mugu gewann die Nachfolge des Königs und regierte das Land, in dem er viele Dinge auf den Kopf stellte. (Märchenroman)

Max abenteuerliche Reise zum Ich –
eine kurze weite Reise

Jugendroman, 112 Seiten, Max lebt in schwierigen sozialen Umständen, weder darüber, noch über den Grund wird in der Familie gesprochen. Langsam kommt Max selbst hinter das „Geheimnis" und lernt, sich trotzdem zur Familie zu bekennen. Auch als Schulbuch geeignet.

Manu's Reise mit dem Tod –
eine Fuge durch die Zeit

Roman, 256 Seiten, verschiedene Lebenslinien aus dem Leben einer Frau, fugenartig verwoben, Ereignisse des Todes in ihrem Leben und ein weiterer Handlungsstrang über verschiedene Rituale zur Zeit des Todes in verschiedenen Kulturen (auch in Englisch erhältlich „Manu´s Journey with Death").

GeGlichenes

Die folgende Sammlung in 4 Bänden enthält etwas über 60 Kurzgeschichten, jede Kurzgeschichte baut auf einer aus dem Neuen Testament stammenden Bibelstelle gleichnishaft auf und ist auf unsere Zeit übertragen. Zwischen den Geschichten findet sich jeweils ein Aphorismus oder ein Gedicht.

Tortellintauben - TierGdichte für Rwachsene

61 Tiergedichte als Spiegelbild menschlichen Verhaltens, wunderschön von Kinderhand illustriert.

Das Moooondschaaaaf
(monatlich durch das Jahr)

Für jeden Tag eines Monats ein Gedicht aus Sicht eines auf dem Mond lebenden Schafs, das humorvoll, kritisch, skeptisch und wiedererkennend unsere Erde beäugt; zwischen jedem Gedicht ein Aphorismus; mit passenden lustigen Bildern aus Kinderhand; auch als Geburtstagsgeschenk für den passenden Geburtstagsmonat geeignet.

Ostern- Gedichte zur Osterzeit

43 Gedichte mit christlichen Inhalten von Gründonnerstag bis zur Auferstehung Jesu, durchsetzt mit gedankenvollen Aphorismen.

Der erdenkliche Mensch - Das Du im Ich

55 Gedichte, dazwischen Aphorismen, die sich nachdenklich und kritisch mit liebgewonnenen menschlichen Verhalten auseinandersetzen.

Ein KESSEL Bunte GeDichte

Ein Kessel bunter Gedichte, unterbrochen von kurzen Aphorismen – eben wie in einem großen bunten Kessel, wenn es heißt: tüchtig rühren, Kelle rein, sich überraschen (pardon inspirieren) lassen, was auf den Teller kommt.

Hinter dunklen Himmelswolken
Gedichte in Zeiten der Trauer
74 Gedichte über Tod, Sterben, Hoffnung, Zuversicht, das Danach.

Aventsschilda
Die EULENde SPIEGEL-Weihnacht
Weihnachtsgeschichten mit und ohne Eulenspiegel in Schilda, bereichert durch weihnachtliche Gedichte. Zu lesen wie ein Adventskalender.